ダブルダディ

野原　滋

幻冬舎ルチル文庫

CONTENTS ✦目次✦

ダブルダディ

✦カバーデザイン＝ chiaki-k（コガモデザイン）
✦ブックデザイン＝まるか工房

イラスト・街子マドカ✦

ダブルダディ

カーテンの開いた窓から見える空は薄い水色。風はないようで、道路を挟んだお向かいのベランダに干してある洗濯物は、そよとも動かない。

五月下旬の今日は、気温がたぶん二十度を超えている。風はなくても、窓を開けたほうが気持ちいいだろうかと考えながら、早瀬《はやせ》恭介《きょうすけ》は窓の外から部屋の中へと視線を戻した。

1DKの賃貸マンションは、独身の恭介にはちょうどいい広さだ。二十歳《はたち》の時に、風呂なしのアパートからここに移り住み、六年が経《た》つ。建築年数はかなり経っているが、その代わりに家賃が安く、壁に釘《くぎ》を打ったり、パーツを替えたりと、改造を許してもらえるのが決め手となった。リビングスペースの壁にある棚とテレビラックは、ホームセンターに勤めていた恭介の自作だ。他にも備え付けの下駄箱や、水回りの部品なんかも修理、交換してある。

将来結婚して家族が増えれば、もう少し広い部屋を見つけ、そこも時間を掛けて自分の手で改造していこうという夢を持っていたが、そんな機会は訪れそうもない。ならばここを自分の城にしようと、せっせと手を入れている。

今使っているダイニングセットは、引っ越し時にリサイクルショップで購入したものだった。その頃は恭介にも彼女がいて、ダイニングスペースが多少広めなこともあり、彼女に勧められるまま、四人掛けのテーブルにした。だけど別れてしまった今となっては大き過ぎ、そのうちテーブルも作ってみようかと考えていた。

あの頃は夢を見ていたなあと、苦笑交じりにテーブルの表面を撫《な》でてみる。しっかりした造りの無垢《むく》材のテーブルは、とてもお買い得で、手に入れた時には嬉《うれ》しかったのだが。

ホワイトオークの自然な木目を撫でながら、視線を上げる。独り身の食卓としては大仰なテーブルには今、人がいた。恭介の向かいに座り、恭介の作った炒飯《チャーハン》を静かに食べている。スプーンを持つ手は小さく、テーブルが高過ぎるのか、背伸びをするようにしながらそれを口に運んでいた。

「……食べにくいか？　クッション持ってこようか」

恭介の声に、向かいにいる子が迷ったように小さく首を傾《かし》げ、それからコクンと頷《うなず》いた。

恭介は立ち上がり、テレビの前に置いてあるクッションを持ってきて、尻の下に敷いてあげた。「これで平気か？」と聞くと、彼はクッションの上で数回尻を弾ませる仕草をし、それからまた、コクン、と頷いた。今度は伸び上がることなく炒飯にスプーンを入れている。

確か四歳と聞いていたが、行儀がよく、とても静かな子どもだ。そういえば、この子がここに来てから、ほとんど声を聞いていないような気がする。

「琢巳《たくみ》くん……っていったっけ？」

向かいの子が、また声もなくコクンと頷く。

どうしようか……？

喉《のど》から出掛かった言葉を呑《の》んだ。四歳の子にそんな相談を持ちかけても仕方がない。聞かれたところで彼だって困るだろう。

けど、本当、どうしようか。

口に出さずに、恭介は再びホワイトオークの木目に視線を落とした。

テーブルの上には、炒飯の載った皿と、それから一枚の紙が広げられている。

――あなたの子です。しばらく預かってください。

紙に書かれた文字を見て、どうしようかと、恭介は深い溜息《ためいき》を吐《つ》いた。


五年前に別れた彼女、三宅翔子《みやけしょうこ》が琢巳を連れてやってきたのは三時間前のことだ。翔子は結婚して、名字が変わっていた。

金曜の午後。食べ終わった昼食の片付けをしていたところに、翔子が訪ねてきた。

「久し振り」と笑う顔は相変わらず華やかで、子どもを連れているのが不思議と思うほど若い。綺麗《きれい》にセットされた髪は明るい栗色で、ヒールの高いパンプスにワンピースを着て、マザーズバッグというのか、大きめの鞄《かばん》とハンドバッグを持っていた。

突然の訪問者に唖然《あぜん》としている恭介の前をすり抜け、翔子は当然のようにパンプスを脱いだ。それから玄関に残された子を振り返り、「琢巳もおいで」と笑顔で言った。

住人の許可を待たずに上がり込んだ翔子は、ごく自然にダイニングテーブルに着いた。引っ越し時に付き合っていたのは翔子ではなかったが、このテーブルは彼女のお気に入りだった。上品な色目と、天然木というのが、彼女のお眼鏡《めがね》にかなったらしい。

恭介より一歳年上の翔子は、あの頃大学生だった。実家の商売はなんだったか忘れてしまったが、西の地方では名の知られている企業だったはずだ。持ち物や着る物も高級品で、自分の言い分が通ると信じて疑わない傍若無人《ぼうじゃくぶじん》さも、お嬢様育ちならではのものだった。

今の翔子の出で立ちを見る限り、あの頃とあまり変わらない経済状態であることが窺《うかが》えた。連れている子も清潔な身なりをしており、親に促される前に「こんにちは」と、ごく小さな声ではあるが、ちゃんと挨拶《あいさつ》をした。

「ええと。……どうしたの？」

玄関に置き去りにされた琢巳を連れてくる形で、部屋に入っていった恭介は、困惑したままそう言った。付き合っていたのはほんの数ヶ月で、積極的に交際を迫られ、そして一方的に振られた。それ以来連絡もなく、消息も知らなかった元カノの突然の訪問に、それしか言えない恭介だ。

そんな恭介を前に、翔子は相変わらず華やかな笑顔で、「お茶ぐらい出したら？」と言うのだった。

「結婚してたんだ。っていうか、本当どうしたの？」

翔子に言われるまま取りあえずお茶を出し、恭介もテーブルに着いた。自分の子を隣に置き、優雅な所作でお茶を飲んでいる翔子に、同じ質問を繰り返す。突然の来訪の意図が、まったく分からない。

「引っ越してなかったんだね。あの棚、自分でつけたの？」

翔子が明るい声で言った。

「そう、あの……」

「今日は仕事は休みだったんだ？」

「ああ、うん……いや」

本当は失業中なのだが、恭介の返事が終わる前に、翔子が「よかった」と言って笑っている。質問には答えず、恭介の答えも聞かず、勝手に話を進めるのは、やはり相変わらずだ。

「いなかったらどうしようかと思った」

「いるかどうかも分からないのに来たの？　なんで？　何か用？」

翔子が「なによ」と軽く睨《にら》んでくる。口元は笑っているので本気で怒っているわけではないのが分かる。これが彼女の男性に甘える時の表情だということも、知っていた。

「ちょっとこの近くに用事があったから、懐かしくなって寄ってみたの。いなかったらいなかったで、別にいいかと思って」

「そうなんだ」

一応納得してはみるものの、まだ腑《ふ》に落ちない。恭介の住まいは駅近というわけでもなく、懐かしくなったからといって、わざわざ子どもを歩かせてまで来るような場所ではない。普通の人は働いているだろう平日の午後、しかも恭介がここにまだ住んでいるかどうかも分からないのに。

頭に疑問符を浮かばせたまま、追い出すわけにもいかず、恭介は自分の淹《い》れたお茶を飲んだ。恭介のはす向かいにいる琢巳も小さな手でカップを持ち、静かにお茶を飲んでいる。子どもが湯飲みを持つのは熱いだろう思い、取手のあるカップにしてあげた。ジュースでもあったらよかったのだが、生憎《あいにく》恭介にはジュースを飲む習慣がない。

翔子はくつろいだ顔で部屋の様子を眺め、懐かしいとか、あれは前にはなかったとか、そんなことを言っている。子どもを連れて、かつての彼氏の部屋を訪ねるのはどうかと思うのだが、翔子はなんとも思っていないらしい。

「相変わらずシンプルな部屋ね。彼女はいないの？」

女っ気《け》のない部屋の様子に、確信を持ったように翔子が聞いてきた。「まあね」と苦笑しながら恭介は答える。もっとも、恋人がいたとしても、部屋の様子はそう変化しないのだが。

「恭介って、自分のテリトリーを侵されるのが嫌いだものね」

急にそんなことを言われ、「そんなこともないけど……」と弱く抗議をするが、翔子は「そうなのよ、恭介は」と断言した。

「彼女とか、友だちでも、自分の部屋に来られるのが嫌なんだものね」

「え、違うよ？」

即座に否定をする恭介に向かい、翔子は「そうお？」と、疑わしげな目を向け、笑っている。

「でも入り浸られるのは嫌だって、前に言ってたじゃない。合鍵《あいかぎ》ちょうだいって言っても、頑《かたく》なに拒否してたし」

「……頑なってわけじゃないよ。そんなに長く付き合ってたわけじゃなかったし。だってさ、自分の家を我が物顔で使われるのは誰だって嫌だと思うけど」

確かに部屋に入り浸られ、私物を勝手に使われたり、逆に相手の私物を置いていかれたりするのは好きではない。自分の空間を侵食された気がして嫌なのだが、それは誰でも多少はそうだと思う。

だが、翔子は恭介の反論に笑って頷きながらも、「でも恭介はそれが顕著なの」と言う。

「だって私、寂しかったもの」

本気かどうかよく分からない顔で、翔子が恭介を糾弾してくる。今更そんなことを言われても困るのに、翔子は悪戯《いたずら》っぽい笑顔のまま、「冷たいのよね」と言った。

「恭介はさ、ビジュアルもいいし、誰にでも優しいから、すぐに彼女ができるけど、続かないのよね」

やれやれという風に軽く肩を竦《すく》め、翔子が恭介に説教を始める。

「別れてもすぐに次ができるって、高を括《くく》ってるんでしょ」

「いや。そんなことはないよ。絶対」

「イケメンだもんねぇ。ちょっと他で見ないくらい」

「だから違うって……」

「本当は、私が別れるって言った時に、もうちょっとリアクションしてくれるかと思ったのよ。あっさりと了承されて、私もショックだったのよね……」

「そんな、今そんなことを言われても」

「そうなんだけど。『ああ、うん。分かった』って言われた私の気持ちが分かる？　だから冷たいって言ってるの」

テーブルから身を乗り出すようにして翔子が言い、恭介は「……えー」と、曖昧《あいまい》な声を出した。自分にも非があったのかもしれないが、突然別れると言っていなくなったのは翔子のほうだ。

「理由も聞かなかったじゃないの」

「あー、まあ……。理由はなんとなく分かったし」

実家が裕福で、悠々自適な学生生活を送っていた翔子と、高校を卒業して就職をした恭介とでは、いろいろと合わないことが多く、長くは続かないだろうとは思っていたし、実際あっさりと振られてしまった。

「今もあの頃みたいに取っ替え引っ替えしてるの？　彼女」

「してないよ。あの頃も今も、そんなことはしてないから」

「『来る者拒まず、去る者追わず』の恭介が？」

笑いながら翔子に言われ、「誤解だって」と強く否定する。

来る者を拒まないと言われても、好意を寄せられればこっちだって嬉しいから受け入れるだけだし、誰でもというわけではない。そして付き合いが始まれば、「なんだか思っていたのと違った」と言われて去られてしまい、唖然とするだけなのだ。

自分の外見が人よりも多少整っているらしいというのは、なんとなく自覚していた。子どもの頃から「綺麗」だとか、「美少年ね」だとかの言葉をもらい、今でも時々モデルにならないかと声を掛けられる。

身長は百七十ちょっとと高くはないが、細身の身体《からだ》は均整がとれている。二重の大きな目にスッと通った鼻筋。薄くも厚くもない唇に柔らかめの髪質。整い過ぎと言われるほどにバランスのいい容姿は、何処《どこ》に行っても目立つらしい。

だけど恭介自身はそれを自慢しているわけでもなく、却《かえ》って煩《わずら》わしいと思っている。何故《なぜ》なら恭介に好意を寄せてくる人は、この外見だけが目当てで、人をアクセサリーのように連れ回したいだけだからだ。

翔子と出会ったきっかけも、たいして親しくもない知人から無理やり誘われた飲み会だった。恭介の容姿を利用した、目玉商品のような扱いの合コンで、まんまと翔子に気に入られ、そのまま押し切られて付き合うことになったのだから、当然長く続くはずもない。

外見が派手でも、恭介の内面は至って平凡で、むしろ目立つことが嫌いなのだ。生活も質素で遊び回ることもない。それを「思っていたのと違う」と言われてもどうしようもないし、幻滅されれば恭介だって傷つく。モデルやタレントのスカウトに遭《あ》い、そんな競争の激しそうな世界は御免だと尻込みすれば、「勿体《もったい》ない」と周りに残念がられ、放っといてくれと思う。

何より嫌なのは、いい加減な付き合いを恭介が好んで繰り返していると思われることだ。翔子が今言ったように、彼女を頻繁に取り替えていると思われるのが嫌で、だんだんと恋愛から遠ざかり、今ではすっかり諦《あきら》めた。

女性が集まるような会には誘われても参加しなくなり、もともと自分から誘うような質《たち》でもない。今でも時々声を掛けられたり、また、好意を仄《ほの》めかされたりすることもあるが、同じことを繰り返したくないので警戒しているうちに、向こうが諦めて引いていく。結局はそれくらいの軽い気持ちだったんだなと恭介も納得する。それの繰り返しだ。

「本当、誰とも付き合っていない。俺、恋愛とか結婚とか、向いていないみたいだから。何年もずっと一人だよ。この先もないいんじゃないかな」

結婚願望は、同年代の誰よりも強かったと思う。だけど煩わしさのほうが先に立ち、一人でいるほうが楽だという結論に達した。

「……それって、私が原因？　トラウマ植え付けちゃったかな？」

トラウマといわれればそうなのかもしれないし、原因は翔子だけではないのだが、翔子は

「責任感じちゃうな」と、何故か嬉しそうな顔をしている。

「それより、結婚してたなんて知らなかったよ。お子さんまでいるなんてね。びっくりした」

話題を変え、翔子の隣で大人しくしている琢巳に笑い掛け、「いくつ？」と聞いた。

琢巳はクリクリとした目を恭介に向け、恥ずかしそうにモジモジしている。その横から翔子が「四つになるの」と先に答えた。

「へえ。じゃあ、幼稚園に行ってるのかな？」

「そう。年少さん」

「お利口だね」

「まあね。大人しいのよ。あんまりやんちゃなのも困るんだけどね。園でもお友だちに押しのけられてばかりで」

子どもに向けた質問に、悉《ことごと》く答える母親だった。

「……そう。大変だね。幼稚園でも若いママだろう」

二十七歳で四歳児の母親というのは、かなり若い部類だろうという恭介の言葉に、翔子は綺麗にカールされた髪の先を指にクルクルと巻き付けながら、「まあね」と笑った。

「デキ婚なのよね。そうでなきゃ、私だってまだ結婚なんてしていないもん」

ふうん。と当たり障《さわ》りのない相づちを打ちながら、恭介は胸の中で計算をした。

翔子と別れたのがおよそ五年前。正確な妊娠期間というものは分からないが、今四歳の子どもがいるということは、恭介との交際期間と被《かぶ》るのではないかと思った。

短い期間だったとはいえ、彼女は自分と付き合いながら、別の男性とも関係があったらしい。それとも速攻で乗り換えたのか。まあ、今となってはどうでもいいが。

恭介の胸算用などあずかり知らない翔子は、デキ婚したという現在の夫のことをつらつらと恭介に愚痴《ぐち》っている。

二つ年上の翔子の夫は、有名企業の研究職だという。スポーツ用品などの特殊素材の研究開発をしているそうで、詳しいことは翔子も知らず、とにかく研究者らしく真面目《まじめ》で面白みのない男なのだそうだ。

「毎日遅いし、帰ってきて寝るだけ。会話もないし、あってもつまらない」

「そりゃ、家族のために一生懸命仕事をしているんだろう。家庭のことは翔子を信頼して、任せてるんだよ」

「そうだけどさ。だけど息が詰まっちゃう」

育児はほとんど翔子任せで、経済的に不自由はないが、仕事人間で家庭に関心が薄いことや、そもそものデキ婚で、両方の実家によく思われていないこと、その仲裁にも入ってくれず、翔子に好きにしていいと言いながら、すべてを丸投げなこと。

学生時代の終わりに妊娠し、社会人としての経験もないまま主婦になってしまい、後悔していることなど、際限なく愚痴をたれる。

「本当、早まっちゃった。あの時はせっかく宿った命だし、なんて思ってさ」

「そんなことを言うなよ」

翔子の言葉は琢巳の存在を否定するもので、そんな言葉を子どもに聞かせるなと、恭介は慌てて遮《さえぎ》った。

「好きで一緒になったんだろう？　幸せじゃないか」

「んー、どうかなあ。まあ、できちゃったから仕方なく？」

「だからそういうことを言うなって」

強めの声で翔子を諫《いさ》め、大丈夫かと琢巳を窺うが、琢巳は来た時と変わらない表情で、カップを持ったままじっとしていた。恭介の視線に顔を上げ、にこ、と笑顔を作るのが可愛《かわい》らしく、聞き分けの良さそうな佇《たたず》まいが逆に不憫《ふびん》にも思え、胸が痛んでしまう。

「子育てはちゃんとやってるわよ。スイミングやお教室にだって通わせているし、送り迎えだって、大変なのよ？　ママ友とトラブルを起こさないように気を遣ったり、うちの幼稚園は行事も多いから、準備にかり出されたり、そういうのも全部私一人でやってるんだから。旦那は『任せた』って、それだけ」

翔子が言い訳のように自分の苦労を並べ立てる。大変だ、大変だと訴える内容は、とにかく自分のために時間を使えないということらしい。

「そうか。母親業って大変なんだな。よくやってるよ」

胸の内はともかく、翔子の気持ちに沿って労《ねぎら》いの言葉を掛けると、翔子は指先で髪を弄《もてあそ》びながら、「まあね」と微笑んだ。

「旦那さんに言って、たまには自分の時間を持ったら？　一人で買い物に出るとか、美容室に行かせてもらうとかさ。綺麗になることに、旦那さんだって文句は言わないだろう？」

綺麗にカールされた髪は自分で巻いたのかもしれないし、光沢のある栗色も自分で染めたのかもしれない。しっかりと化粧の施された顔と、仕立てのいいワンピースを身に纏《まと》った若い母親を、恭介は無難な言葉で宥《なだ》めた。

「さあ。文句は言わないけど、褒めもしないわよ。気が付かないんじゃないかしら。そういう人よ」

「ふうん……」

翔子の要求が厳し過ぎるのか、それとも翔子の夫がよほどの朴念仁《ぼくねんじん》なのか。たぶん両方だ。

「それで、時間は平気なのか？　用事があってこの辺まで来たんだろう」

翔子の話に合わせ、辛抱強く相づちを打っていたが、そろそろ面倒になってきたのでそう言うと、翔子は大きな目を更にまん丸に見開き、「そうだった」と、艶《あで》やかに笑った。

「連絡してくる。ちょっと待っててもらっていい？」

ハンドバッグから携帯を取り出しながら翔子が立ち上がり、スタスタと玄関に向かうのを慌てて追い掛けるが、翔子は笑顔で「すぐに戻るから」とパンプスを履いた。

「そっちの大きい鞄は置いていくんだから、心配しないで。本当、ちょっとだから。ね？」

子どもに聞かれては不味《まず》い話なのかと、恭介は渋々了承し、翔子を見送る。部屋に戻ると、琢巳は椅子《いす》に座ったまま空《から》になったカップを握っていた。隣の椅子の上には翔子のマザーズバッグが置いてある。

「……紅茶飲める？　お砂糖入れたの。お母さんを待っていようね」

顔を覗《のぞ》き込むようにして恭介が言うと、琢巳は小さく首を傾げたあと、コクンと頷いた。

すぐ戻るからと言って部屋を出て行った翔子は、それから一時間待っても、二時間待っても帰ってこなかった。

そして三時間後、恭介は翔子が置いていった鞄の中から、あのメモを見つけたのだった。


翌日の土曜日。一晩明けても琢巳の母親は戻ってこず、連絡もないままだった。

残された大きな鞄には、琢巳の下着と着替え、それからアレルギーがないことなどを記した手帳と、「あなたの子です」というメモが入っていた。

帰りの遅い翔子を心配し、事故にでも遭ったかと、連絡先を探るために開いた鞄の中からそれらが出てきた。要するに、恭介に琢巳を預けるための計画的犯行だったわけだ。恭介が引っ越しをしていないことも、もしかしたら仕事を辞め、部屋にいることも事前に知っていたのかもしれないと、この時になってようやく気付いた。

「それにしてもどうするんだよ……」

あまりに突然のことに思考が停止してしまい、とにかく翔子が戻ってくるのを待っていた。琢巳の住まいも、電話番号も分からない。着替えや手帳があるのに、連絡先を示すものが一つも入っていないことに、彼女の計画性を感じた。

そうして何もできないまま一晩が明け、琢巳は今、恭介が用意したトーストと目玉焼きの朝食を、黙々と口に運んでいた。本当に静かな子だ。

昨日と同じ、尻の下にクッションを敷いてテーブルに着いている琢巳を、恭介はじっと観察してみる。

柔らかめの髪質と大きな瞳《ひとみ》は、自分に似ているような気がするが、母親の翔子もパッチリとした二重なので、そっちから受け継いでいるように思える。髪質だって子どもなのだから、これから変わっていくこともあり得る。その他のパーツはまだ小さ過ぎて、よく分からない。

本当に自分の子なのだろうか。

付き合っていた時期を考えると、計算は合っているようだし、妊娠するような行為も、一応した覚えがある。避妊には気を付けていたつもりだが、絶対かと聞かれたら、自信もないのだ。だけどやはり、まさか……と思う気持ちのほうが強い。

翔子との交際期間は本当に短く、彼女がこの部屋に泊まったのは数えるほどだ。外食の帰りなどに、寄りたいと言われて押し切られる形で来たことはあるが、泊めるだけで何もない日のほうが多かったぐらいだ。だいたいが、そういうなし崩し的な行為は好きではない。当時翔子が住んでいた部屋に、恭介が訪ねたことも一度もなかった。

確率としてはほとんどないくらいに低いんじゃないかと思うが、ゼロではないのだから、それで妊娠してしまったと言われたら、言い逃れもできない。結局は目の前に置かれた状況を自分が信じたくないだけなのだろう。

事実だとしたら、責任を取らなければならない。

「だけどなあ、なんで今になって……？」

あの頃のことをいろいろと思い出しながら、向かいに座る琢巳を眺めていたら、トーストの半分ほどを食べたところで、琢巳がふう、と溜息を吐いた。

「無理して全部食べなくてもいいぞ？」

四歳児の食べられる量なんて、どれぐらいのものか忘れてしまった。目玉焼きも固くなってしまったし、何より突然知らない男の人の家に置いていかれ、食欲も湧《わ》かないのだろう。可哀想《かわいそう》に。

恭介の声掛けに、琢巳は申し訳なさそうに頷き、「ごちそうさま」と丁寧《ていねい》に言った。

半分残された皿を台所に運ぶ。琢巳はじっとしたままだ。

「テレビ点《つ》けようか。何かやってるかな？」

朝食の後片付けを終え、恭介はテレビを点けた。リモコンを操作し、子ども向けの番組を探して回る。クマとウサギの着ぐるみがダンスを踊る番組を見つけ、チャンネルを固定した。琢巳はクマたちの踊りを、テーブルに座ったまま静かに見つめている。

「……お絵かきでもする？　紙とマジックぐらいしかないけど」

独身の一人暮らしで、四歳児が遊べるようなおもちゃも絵本も部屋にはない。

何か琢巳が遊べそうなものはないかと部屋を見回し、恭介はふと思いついて、「ちょっと借りるね」と、翔子の残していった鞄を開けた。

鞄の中には琢巳の着替えと、タオル類も入っていた。その中からハンドタオルを一枚取り出し、両側からクルクルと巻いて、それを二つに折って輪ゴムで止めた。

先端を引っ張り出すと、丸い顔の両端に耳が生える。折っては引っ張り、輪ゴムで固定する作業を繰り返す。オフホワイトの生地に、薄い葉っぱの模様の付いた四角いタオルが、掌《てのひら》サイズのクマに変身した。

見る間に形を変えていくハンドタオルを、琢巳はじっと見つめていた。「はい」と手渡すと、小さな手にそれを握り、見入っている。大きな目が僅《わず》かに見開かれていた。

「クマさん……」

「そう。琢巳くんのタオルで作ったから、琢巳くんのクマさんだよ。仲良くしてね」

タオル地のクマの頭の部分を摘《つ》まみ、お辞儀をさせながら恭介が言うと、琢巳がコックリと頷き、もう一度クマに見入り、それから「じょうず」と言った。

「ありがとう。小さい頃、よく作ったから。喧嘩《けんか》になるとね、これで仲直りしたんだ」

恭介が育ったのは児童養護施設だ。

生まれてまもなくの頃、父親が事故で亡くなり、しばらくして恭介は施設に預けられた。母子家庭での生活は厳しく、親戚もいなかったからだ。

そこで恭介は高校を卒業するまで過ごし、ホームセンターに就職して一人暮らしを始めた。母は恭介が小学生の低学年の時に病死した。

施設では個人のおもちゃはなく、取り合いの喧嘩が頻繁にあった。そういう時には年長の人が、このタオルのクマを作ってくれた。成長してからは自分がそれを作り、小さい子たちの諍《いさか》いの仲裁をしたものだ。

琢巳はクマの耳を触ったり、手をピコピコと動かしたりしながら、ぬいぐるみと遊んでいた。気に入ってくれたらしいのを見て、恭介もホッとした。

紙を用意してお絵かきをさせている間も、琢巳は片手にずっとクマを持ったままだ。マジックで描いている絵もクマで、それをぬいぐるみに見せ、「クマさんだよ」と説明している姿が可愛らしい。

午前の時間が過ぎ、恭介は再び昼ご飯の準備をした。米を研ぎ、冷蔵庫から肉や野菜を出し、何を作ろうかと思案する。

恭介一人なら、インスタントラーメンでも卵かけご飯でもかまわないが、琢巳がいるとなると、そうもいかない。野菜と肉を炒めたおかずと、卵とわかめのスープを作る。一人暮らしは長いし、施設でも手伝いをしていたから、料理をすることは苦にならない。

琢巳は相変わらず出されたものに文句も言わず、黙々と口に運んでいる。

「あとで買い物にでも行くか。何か食べたいものはある？」

恭介の問いに、琢巳が僅かに首を傾げる。

「幼稚園行ってるっていったっけ」

今度は首を傾げることなくコックリと頷き、「めいめい幼稚園」と、自分が通っている幼稚園の名前を言った。

「もも組」

「そうか。もも組か。月曜日には行かないといけないな」

うん、と返事をした琢巳は、「バスで行くの」と言った。

「おうちの近くにバスがくるの。ねんしょうさんは、もも組と、すみれ組と、あおぞら組」

「三つもあるのか。大きい幼稚園なんだな」

ハンドタオルのクマさん効果か、時間の経過と共に慣れてきたのか、寡黙だった琢巳が、自分からポツポツと話すようになった。

口数は少ないが、琢巳は利発な子のようで、自分の住んでいる地域の駅の名も、よく買い物に行く店の名も言えた。そこから家まで、歩けば道順も分かるという。

「いつもお店でくだものを買うの」

「そうか。琢巳くんは何が好き？」

恭介の質問に、黒目をクルクルと動かしながら「いちごとりんご」と答えた。

琢巳の答えに頷きながら、恭介はこれからのことを考えた。

簡単なメモを残して消えた翔子は、まったく気軽な様子で出て行った。あのメモにも「しばらく預かってください」とあったのだから、信用して預かっていればいいのだろうか。

琢巳は幼稚園に通っているし、第一、今一緒に住んでいる翔子の夫とのことをどうすればいいのか。だいたい、しばらくとは、どのくらいの期間なのだろう。

「僕のお父さんなの……？」

考えこんでいる恭介に、ごくごく小さな声が届いてきた。

「おうちにいるお父さんは、違うお父さんなの？」

顔を上げると、琢巳がうつむいたまま、大きな瞳だけを恭介に向けている。昨日、鞄の中からメモ書きを見つけた時に、思わず「俺の子？」と口をついてしまったのだ。

「僕はもう、おうちに帰ったらいけないの？」

あの瞬間から、この言葉を口に出すまでに、琢巳はどれだけの勇気がいっただろうと思うと、恭介は胸が痛くなった。

「琢巳くん、お家に帰ろうか」

恭介の声に、琢巳はしばらく黙り込んだあと、ゆっくりと大きく頷いた。


駅の改札を抜け、大きな公園を過ぎ、住宅地へと入っていった。

駅名と、琢巳がよく行くという商店名で検索を掛けたら、場所はすぐに知れた。そこからは、琢巳の案内で歩いて行く。

恭介と手を繋《つな》いで歩いている琢巳のもう片方の手には、ハンドタオルのクマがしっかりと握られていた。

琢巳の記憶は確かで、五分も歩くと高層のマンションにたどり着いた。二十階建ての十八階、そこの角部屋が琢巳の家だ。

インターフォンを鳴らすと、すぐに男性の声で応答があった。琢巳の父親は、今日は休みだったらしい。各戸ごとにポーチのある造りの玄関には表札が出ていた。「三宅《みやけ》」と書かれた下に、三人の名前が並んでいる。家主は「三宅暁彦《あきひこ》」という名だった。

ドアが開き、背の高い男性が出迎えた。パーマ気のない黒髪は短く、その下にある眉《まゆ》もキリリと濃い。恭介よりも頭一つ分は高く、百八十はゆうに超えている。肩幅も広く、研究者と聞いていたが、身体つきはガッチリとしていて、迫力があった。

玄関に立つ琢巳を認め、父親の暁彦はホッと顔を緩め、次には隣に立つ恭介に視線を向けてきた。切れ長の目がきつそうで、一瞬竦む。たぶんこちらのほうに後ろ暗さがあるからだろうが、それにしても眼力の強い人だと思った。

「あの、初めまして。早瀬といいます。ええと……翔子さんから琢巳くんを預かってくれと言われたんですが、なかなか迎えにこないもんで、それで琢巳くんに聞いて、ここまで連れてきました」

「翔子が……？　それは、とんだご迷惑を」

初対面の男が突然自分の息子を連れてきたことに疑問があるようで、暁彦の表情には警戒の色が浮かんでいたが、取りあえずは無事に琢巳が帰ってきたことに安堵《あんど》もあるらしい。

「なかなか帰ってこないから、どうしようかと思っていたところです」

暁彦は昨夜遅くに帰宅し、二人がいないことに気が付き、友人家族の家にでも遊びに出掛けたのかと思ったのだが、今日になっても翔子と連絡がつかずに心配していたところだった。

「失礼ですが、早瀬さんは翔子とはどのような……？　それで、翔子は一緒ではないんですか？　何処にいるんでしょう」

暁彦の問いに、どう答えようかと困っていると、恭介と手を繋いでいた琢巳が、「お母さんがお手紙をおいていった」と言った。

「手紙……？　お母さんが手紙を？」

琢巳に確認するようにそう言った暁彦が、問うように恭介を見つめる。恭介は観念して、ポケットに入れてきた翔子のメモを暁彦に渡した。

メモを見た暁彦の表情がにわかに険しくなる。太い眉がギュッと寄せられ、そのまま動かなくなった。

「あの……、どうもすみません。けど、俺のほうも寝耳に水の話で、どうしたらいいか」

言い訳をしながら頭を下げる恭介を、琢巳が見上げている。上からは暁彦の溜息が聞こえてきた。

「詳しいお話を聞きたいですね。取りあえず上がってもらいましょうか。どうぞ」

冷静な声が降ってきて、おずおずと顔を上げると、氷のような表情をした暁彦が恭介を見下ろし、踵《きびす》を返した。

このまま逃げようかと一瞬思うが、メモにあることが事実なら自分に責任があるし、今逃げてもいずれは話し合わなければならないだろう。

逃げる度胸も、シラを切り通す強《した》かさもない恭介は、結局靴を脱ぎ、暁彦のあとに続いた。

恭介の住むマンションとは比べものにならないほどの高級なマンションは、ダイニングスペースとリビングスペースが分かれており、そのどちらも恭介の部屋より広かった。

こちらへと言われ、ダイニングテーブルに着く。重厚な天然木の天板には象嵌《ぞうがん》が施されており、脇板《わきいた》や脚部にも彫刻彫りの飾りがあった。これ一つで、恭介の部屋の家賃の一年分は余裕で賄えそうだ。キャビネットやラグなど他の家具も同様の高級品だった。

マンションのグレードを見ても、かなりの富裕層だ。本人も高給取りなのだろうが、たぶん妻と同等か、それ以上に実家が裕福な夫なのだろう。

椅子に浅く座り、小さくなっている恭介の前に座った暁彦が、名刺を渡してくる。書いてある企業名は、テレビのＣＭなどでもよく聞く会社で、「研究開発室室長」という肩書きの横に、暁彦の名前があった。

「あ、俺名刺ありません。……今、失業中で」

高校卒業と同時に就職したホームセンターは、つい先月退職し、今は求職活動をしているところだった。

恭介の説明に、暁彦の眉がピクリと上がる。

「無職ですか。それは……いろいろと厄介《やっかい》ですね」

低くそう言った暁彦は、メモ帳を取り出し、恭介のフルネーム、住所、年齢などを聞き、そこに書き付けていく。暁彦の隣の椅子には琢巳が座り、黙ってハンドタオルのクマを抱きしめていた。

「それで、琢巳があなたの子だというお話ですが」

メモ帳に目を落としていた暁彦が顔を上げ、刺すような視線をこちらに向けてきた。

「そうなると、結婚前から今まで関係が続いていたということですか？」

「あ、いえ！　会ったのは五年振りで、昨日突然家に来て、その、翔子が……翔子さんが、結婚していたことも、お子さんが生まれたことも昨日初めて知ったんです」

しどろもどろになりながら、自分にとっても青天の霹靂《へきれき》だったことを告げるが、暁彦は寄せた眉を解かず、「そんな馬鹿な」と言った。

「本当なんです。その、付き合ったっていうのも、ほんの一瞬で」

「関係があったことは認めるんですね？」

「でも交際期間は短くて」

「そこは問題ではない。関係があったという事実のみ伺います」

暁彦の声は冷静で、恭介をどんどん追い詰めてくる。

「でも俺、本当に知らなくて……っていうか、いきなり俺の子って言われても、それも半信半疑で……」

言い逃れは無様だと思うが、それでも懸命に知らなかったことを主張した。暁彦は納得する風もなく、厳しい表情をしたまま恭介を睨んでくる。

「それで、翔子は今何処にいるのですか？」

「本当に知らないんです」

「しかしあなたのところへ行ったんでしょう。何も言わずに消えたと？　琢巳を残して」

「その時はすぐに戻るって言って出掛けていって」

「それで今まで戻ってこないと？」

「はい……」

「どうして？」

「分かりません」

「本当のことを教えてください。今更隠し立てをしても、あなたが不利になるだけですよ」

「本当なんです」

押し問答が続き、暁彦が苛立《いらだ》ったように溜息を吐いた。

「……とにかく、今後のことは弁護士に相談して、話を進めるしかないですね」

「っ、……弁護士？」

「母親が出てこないことには仕方がないですが、取りあえず琢巳については、しかるべき機関で鑑定をします」

養育費、慰謝料、親権の手続き、各所への連絡事項など、事務的に話を進める暁彦に、圧倒されるまま慌てふためく恭介だ。

「でも、そんな急にいろいろ言われても、俺だって困ります」

「困っているのは私もですよ」

「そうですが。あの……」

「やるべきことは山積みです。あなたも弁護士を雇うというなら、是非《ぜひ》そうしてください」

「そんな……」

急に弁護士なんて言われても、ツテもないし、何よりこの状況自体、まだ呑み込めていないのだ。

「私のほうからご紹介はできませんが」

「え、いえ、そんなのはいいですけど」

「ですが、お互いに第三者を挟んだほうが、話がスムーズに進みますよ。役所に行けば相談窓口もありますし、今はネットでいくらでも探せますから」

「はあ……」

真面目で仕事人間だと翔子が言っていた通り、この人はとても有能なのだろうと、淡々と今後のことを語る暁彦の端整な顔を見つめた。

だけど、妻の不貞を知らされ、自分の子ではないという事実を、こうも簡単に受け入れ、気持ちを切り替えられるものなのだろうか。

「翔子とも話し合いの機会を持たなければいけませんが、たぶん離婚になるだろうと思います。早瀬さんと再婚する場合ですが……」

「あ、いや！　そんなことはあり得ないんで」

「どうしてですか？」

「だから昨日の今日で、何も考えてないですし。そんな、再婚なんて、全然……」

お前の子だから育てろと言われたら、育てるしかないだろうとは思う。翔子が育てるにしても、養育費を払うことになる。覚悟は全然ないが、それでも責任は取らなければならない。子どもにはなんの罪もないのだ。

だけど再婚だとか、そんな話をいきなりされても困る。翔子と会ったのは昨日が五年振りで、結婚も、恋愛すら自分とは縁遠いものだと思っていたのに。

「とにかくこうなってしまった以上、早急に対処しないと。早瀬さん、あなたも覚悟をしてください」

「覚悟……」

おろおろと目を泳がせながら、恭介は暁彦の隣にいる琢巳に、助けを求めるように視線を向ける。

親同士の怒濤《どとう》の話し合い——暁彦による一方的な糾弾の横で、琢巳は静かに佇んでいた。昨日最初に恭介の部屋に訪れた時と同じ、息を潜めるようにじっとしている。

「……琢巳くん？」

両手でクマを握りしめている身体が前屈《まえかが》みになっていた。何かを我慢するように歯を食いしばり、硬くなった身体のまま俯《うつむ》いている。

「琢巳くん、どうした？」

恭介が尋ねる間にも、どんどん琢巳の身体が丸まっていく。うー、という苦しそうな声を発し、隣にいた暁彦が慌てて琢巳の顔を覗いた。

「どうした？　琢巳。何処か痛いのか？　腹か？　何を食べた？」

額《ひたい》に手を当て、熱を測っている。

「どんな風に痛い？　吐き気は？」

矢継ぎ早の質問に、琢巳は答えられずに顔をしかめたまま首を横に振っている。

「痛いのはどのへんだ？　琢巳、答えなさい」

尚《なお》も琢巳を質問攻めにする暁彦に、恭介は立っていって「落ち着いて」とその大きな肩を軽く叩《たた》いた。

「本人も何処がどうなってるか分からないんですから。具体的になんか答えられないですよ」

暁彦を諌め、蹲《うずくま》っている琢巳の顔を覗くと、んー、うぅーと、苦しそうに息をしながら、握ったクマを腹に押さえつけている。

「……凄《すご》く辛《つら》そうだ。医者に連れて行ったほうがいいだろうか」

脂汗《あぶらあせ》を浮かばせて苦しんでいる琢巳を見て、暁彦が震える声で言った。

「いつも行っている小児科は……何処だったっけ、連絡先は……翔子がいないと分からない」

わたわたしている暁彦を押しのけ、丸くなっている琢巳の身体を抱き、様子を見る。膝《ひざ》に抱えるようにして身体を横にしてやると、丸まっていた身体から少し力が抜け、琢巳がふう、と息を吐いた。

暁彦がしたように額に手を当て、それから首筋を探る。汗はかいているが、発熱はしていない。足先を丸め、恭介の膝の中に入り込もうとするように、小さく身体を縮めている。お腹《なか》に手を当て、温めるように撫でてやりながら、「気持ち悪くはないか？」と聞くと、目を瞑《つむ》ったままの琢巳が頷いた。

「熱はないな。顔色も青くないから、少し様子を見ましょう」

「だが、汗が凄いぞ」

「これは痛みで出ているんだと思う。我慢してたんじゃないかな」

何か持病はあるかと聞くと、暁彦は「ないとは思うが」と、心許《こころもと》ない返事をした。ここ最近同じような症状はなかったかと聞いても、よく分からないと言う。

「救急車を呼んだほうがいいんじゃないか？」

「いや、ちょっと待ってください。今連れ回すと、かえって可哀想かもしれない」

重篤な病状ならすぐに連れて行ったほうがいいが、琢巳の様子を見る限り、そこまで緊急性はないように思う。身体を横にし、抱っこしてあげただけで少し楽になっているようだ。

昨日から今日、まったく知らない人の家に預けられ、一晩を過ごし、帰ってきてからは大人の諍いを見ている。その諍いの原因に自分の存在があることを理解している琢巳の、今のこの状態だ。

幼い頃の自分にも覚えのある症状だった。ここから更に場所を移動し、救急車に乗せられたりしたら、またおかしくなるかもしれない。

「一時間ぐらい、このまま様子を見ましょう。それで酷《ひど》くなるようだったら、医者に連れて行く。今はまず、安静にしてあげたほうがいい」

恭介の膝の上にいる琢巳を覗き込みながら、暁彦が琢巳の頭を撫でた。「そうか。そうだな」と、自分を納得させるように頷く仕草が、琢巳に似ていると、恭介は思った。


子ども部屋のベッドにそのまま琢巳を寝かせ、付きっきりでお腹を撫でてやった。用心深く容態の変化を見守っていたが、十五分もしないうちに琢巳の様子は落ち着いてきた。琢巳は枕元にハンドタオルのクマを一緒に寝かせ、今はゆったりと横になっている。

「もう痛いのはなくなったか？」

恭介が聞くと、琢巳が頷いた。

「そうか。よかった。もう大丈夫」

背中をポンポンと叩いてやりながら「頑張ったもんな」と言ったら、琢巳が、ひ……ん、と小さな声を発し、泣き出した。

今まで我慢していたものが、溢《あふ》れ出してしまったらしい。

「怖かったもんな。もう大丈夫だよ」

たった一日のうちにいろいろなことが起こり、ストレスが溜《た》まってしまったのだろう。大人同士の話し合いを聞き、不安と戦っているなか、身体を襲った突然の痛みは、大変な恐怖だったと思う。

痛みが取れ、自分のベッドに落ち着き、安心して初めて涙が出たのだ。

大丈夫、大丈夫と、琢巳を励ましながら、背中を叩いてやっている恭介の後ろから、暁彦の腕が伸びてきて、琢巳の頭を優しく撫でた。

背中を叩く手と、頭を撫でる手に慰められ、しゃくり上げていた琢巳の身体の動きがだんだんと小さくなり、ウトウトと眠り始めた。

「……可哀想なことをしてしまった」

寝ている琢巳の頭を尚も撫で続けながら、暁彦が懺悔《ざんげ》の言葉を口にした。

「子どもの前で話すような内容ではなかった。つい、激昂《げっこう》してしまって」

一晩帰らず、連絡も取れず、心配しているところへ知らない男が息子を連れてやってきて、突然琢巳の父親だと知らされたのだ。

冷静に対応しているようで、暁彦もパニックを起こしていたのだろうと、情けない声を出している暁彦を見て思った。

「ただ騒ぐだけで、かかりつけの医者も分からず、子どもの病歴も答えられないなんて」

「仕方がないですよ。普段は仕事で家にいないんですから」

「早瀬さんに声を掛けられるまで、琢巳の変化にまったく気付けなかった」

「目の前にいたから、俺のほうが先に気付くのが当たり前ですって」

不甲斐《ふがい》ないと、自分を責めている暁彦にそう言って慰めると、暁彦は気弱な笑みを浮かべ、「ありがとう」と言った。

「早瀬さんがいてくれて助かった。私一人だったら、どうしようもなかった。救急車を呼んで、大騒ぎをして、医者に叱《しか》られていたかもしれない」

眼光の鋭かった目尻に皺《しわ》が寄り、ほんの僅か下がる。キリッとした端整な顔が、途端に優しげな表情になった。

そんな顔で素直に礼の言葉を言われると、翔子から愚痴として聞かされ、自分も初対面で詰問され、冷徹そうだと思った印象が、柔らかいものに変わった。

「急に苦しみだしたから、慌ててしまった。あんなことは初めてだ。……いや、あったのかもしれないが、私が知らないだけで」

「琢巳くんもびっくりしてたみたいだから、たぶん初めてだったと思いますよ」

「そうか。そうかもな。翔子からも何も聞いていないから」

「だから今日はこのまま、ゆっくりさせてあげたらいいと思います。今の琢巳くんには、安心できる環境にあることが一番でしょうし。気を付けてあげないと、また同じようなことが起こるかもしれない……」

琢巳の今日の症状がストレスからくるものなら、これから先、もっと強いストレスが掛かることになる。本当はそんなことにはなってほしくないが、翔子が見つかったら、たぶん修《しゅ》羅《ら》場《ば》になるだろう。

「そうだな。……大人の都合で、本当に可哀想なことをした」

恭介の言葉を受け、暁彦も暗い声を出す。さっきは淡々と今後のことを進めていたから、家庭や息子に情も未練もないのかと思ったが、それも違ったらしい。

琢巳に対する愛情を、この人はちゃんと持っている。

「それにしても、子どもの病状に詳しいんだな。無職と言ったが、元の職業はそういった医療関係か？」

話題を変え、今度は明るい声を出して暁彦が聞いた。

「いいえ、全然。ずっとホームセンターで働いていました」

ライフアドバイザー兼、アウトドア製品の売り場のチーフをしていたが、昨年大手のファニチャー関連会社に吸収合併され、恭介はリストラの対象となり、退職したのだった。

「そうなのか。手際がいいから、てっきりそっちか、または保育士とか、その方面かと思った。頼もしいもんだと、感心して見ていた。私はまったく役に立たなかったから」

そう言って浮かべる笑顔が恥ずかしそうで、ここでまた少し、暁彦に対する印象が変わる。

「子どもの扱いが上手なんだな」

自分は不得手だから羨《うらや》ましいという言葉に、この人は本当に真面目で、言い換えれば素直で真《ま》っ直《す》ぐな人なんだなと思った。

「扱いが上手《うま》いというか、慣れだと思います。俺、早くに両親を亡くして施設で育ったから」

集団生活で、怪我《けが》や病気は日常茶飯事だったので、すぐに病院へ行くレベルか、経過観察すべきレベルなのかは、なんとなく判断できる。

「それに、琢巳くんみたいな症状は、俺にも覚えがあったから。大人にとっては些細《ささい》なことでも、子どもには激震だったりするから。嫌なことがあったり、凄く心細くなって、誰も味方がいないな、なんて思う時があって。そうするとこの辺がね、ぎゅーっと握られたみたいに痛くなるんですよ。冷や汗がダラダラ出て」

鳩尾《みぞおち》の辺《あた》りに手を当てながら、子どもの頃に経験した恐怖を語る。

「心臓がドゴドゴいいだして、あれは怖かった。痛さよりも恐怖でわあわあ泣いたなあ。でも子どもだったから、全部が『お腹痛い』ってなっちゃうんですよね。説明しろって言われても、そんなのできなくて」

あの頃の体験を恭介が語ると、無闇に質問攻めにしたことを思い出したのか、暁彦が「面目ない」と言うので、笑ってしまった。

琢巳の頭を撫でていた暁彦の手がそっと離れ、恭介も背中に置いていた手を外した。二人で琢巳の寝顔を覗き、微笑《ほほえ》み合い、次の瞬間同時に目を逸《そ》らせた。

琢巳の腹痛というアクシデントで忘れていたが、こんな風に微笑み合っている場合ではない、二人の関係だった。

「……ええと、今日は、琢巳くんもこんな感じだし、話し合いは、また今度にしませんか？」

屈めていた身体を伸ばしながら恭介が言うと、一緒に身体を起こした暁彦も「そうだな」と同意した。

「俺は今のところ仕事をしていないので、呼び出しにはいつでも応じられます。逃げたりなんて、絶対にしませんから」

「そんなことは心配していないよ」

琢巳のことがあったからか、暁彦はそう言ってくれた。

「……ありがとうございます。翔子さんが早く帰ってきてくれるといいんですけど」

「ああ、彼女がいないことにはどうにもならないからな。……本当に居場所を知らないのか？」

切れ長の目が覗き込んできて、恭介も真っ直ぐに見つめ返し「はい」と答えた。

「信じてもらえないかもしれませんが、彼女に会ったのは昨日が本当に五年振りで、付き合いが続いていたなんてことはありません」

「そうか。分かった」

恭介を見つめる視線には、さっきの切りつけるような鋭さはなく、声も穏やかで、恭介の言葉を信用してくれたのだと思い、安堵する。

取りあえず、今日は時間も遅くなったことだし、何より琢巳の体調を気遣い、恭介は帰ることになった。

互いの携帯番号を交換し、それからもう一度ベッドに入っている琢巳の顔を覗き、お別れの挨拶の代わりにそっと頭を撫でたら、琢巳が目を覚ましてしまった。

「……あ、ごめん。起こしちゃったな」

目を擦《こす》っている琢巳に「じゃあ、またね」と声を掛けたら、琢巳がこちらを向いた。ベッドに横たわったまま恭介を見上げ、何か言いたそうに唇を動かし、それからきゅっと閉じる。

「どうした？　何か欲しい？　喉が渇いたかな」

丸一日一緒にいて気付いたのだが、琢巳は言葉を呑み込む癖がある。だけどこちらから促し、辛抱強く待てば、琢巳はちゃんと自分の意見を言える。

「琢巳、言ってごらん」

暁彦も恭介の隣に並び、二人で顔を近づけ、琢巳の言葉を待った。

琢巳は枕元に置いてあったクマを手に取り相談するように顔を近づけ、それからとても小さな声で「……帰っちゃやだ」と言った。

「今日は僕のおうちにお泊まりして」

予想外の要望に恭介と暁彦とで顔を見合わせてしまった。

「昨日は僕がおじちゃんのおうちにお泊まりしたから、今日は僕のおうちにお泊まりして」

「おじ……ちゃんが、琢巳くんの家に？」

おじちゃんと呼ばれたことにショックを受けながら、自分を指さして聞き返すと、琢巳がコックリと、大きく頷いた。


どうしてこうなったと言わざるを得ない状況に陥っていた。

六畳の和室は、琢巳の祖父母たちが宿泊する時のために作った部屋で、普段はあまり使うことはないという。備え付けの押し入れの他には家具もなく、すっきりとした空間だ。マンションの部屋に、客用のスペースを作る余裕があるのが驚きで、お金持ちなんだなあ……と、暁彦に借りたパジャマを身につけた恭介は、布団の上に座っていた。

パタパタと足音がして、枕を抱えた琢巳が部屋に入ってくる。ぽふ、と布団に飛び込むようにして恭介の隣に枕を並べ、楽しそうな笑顔をこちらに向けてきた。

恭介に泊まってほしいとおねだりをして、願いが叶《かな》ったのが嬉しいようで、せっせと自分の寝床を整えている。今日は琢巳も恭介の隣で一緒に寝るつもりらしい。

……琢巳だけならいいのだが。

横を見ると、恭介用の他に、二組布団が敷かれていた。どうしても三人で一緒に寝たいと琢巳が言いだし、こうなった。普段は聞き分けの良い琢巳の我《わ》が儘《まま》に、暁彦は驚きながらも抗《あらが》えず、恭介も断れなかったのだ。

琢巳は腹痛で苦しんだことなど忘れたようにはしゃいでいる。「お泊まりー」と、歌い出しそうな声で喜んでいる琢巳に、恭介も苦笑を返した。

恭介が泊まることが決まってからは、喜ぶ琢巳に手伝ってもらい、客室に布団を敷く準備をした。着替えを借り、風呂までいただき、デリバリーした夕食を三人で食べた。

三組敷かれた布団の上に恭介が正座をしていると、ゆったりとした足音が近づいてきて、パジャマ姿の暁彦がやってきた。眉根が寄った難しい顔をしているのは、恭介と同じ心境なのだろう。

息子の本当の父親かもしれない男、つまりは自分の妻の不貞の相手と枕を並べ、川の字で寝るというのはどうなのだろう。

翔子が落としていった爆弾に被弾し、一番被害を被《こうむ》ったのはたぶん琢巳だが、さすが四歳児は切り替えが早い。部屋に入ってきた暁彦に、琢巳は「お父さん、こっち」と、バタ足のように足を動かし、自分の隣の布団へ誘っていた。

真ん中に琢巳を挟み、両側に恭介と暁彦が並ぶ。完全な川の字になって布団に入ると、琢巳が、うふふ、と楽しそうな笑い声を上げた。

「……電気を消しますが」

「……あ、はい。お願いします」

ピ、という軽い音がして、照明の光度が落ちる。
「おやすみなさい」という琢巳の声に二人で挨拶を返したあとは、部屋が静かになった。

時刻は八時。こんな時間に布団に入ったのは十数年振りで、体調を崩した時すらもっと遅かった。状況的にも眠れるはずもなく、だけど他所《よそ》の家で勝手をするわけにもいかず、恭介はひたすら我慢して横たわっていた。

高級マンションは壁の造りも頑強なようで、外からの音はまったく聞こえてこない。薄暗い部屋の中、恭介は目を閉じ、寝返りを打つのにも遠慮して、ただただ布団の中でじっとしていた。

「……早瀬さん」

三十分ほど経った頃に、向こう側の布団から、押し殺したような声で呼ばれた。さっきまで恭介と暁彦の布団の間をゴロゴロと行き来していた琢巳は大人しくなっており、すぴすぴと寝息を立てている。

「ちょっと抜け出そうか。珈琲《コーヒー》でも飲もう」

囁《ささや》き声で誘われ、二人で音を立てないように、そっと部屋から抜け出した。

ダイニングへ移動し、恭介はさっきと同じ場所に座った。暁彦はキッチンに入り、珈琲を淹れている。

「酒でもいいんだが、あまり強くないんでね。まあ、こんな状況だしな」

そう言って暁彦が出してくれたのは、スチームされた泡状のミルクが載った、本格的なカフェラテだった。

恭介の前にカップを置き、暁彦も自分のカップを持って、向かい側に座った。「いただきます」と小さく言い、泡だったミルクと一緒に珈琲を飲む。ミルクの甘みとエスプレッソの苦みが混ざり合い、とても美味《おい》しい。

「おいし……」

思わず呟《つぶや》くと、暁彦は満足そうな笑みを浮かべ、自分のカップを口に持っていく。

高級マンションに住み、立派な職業を持ち、容姿も端麗で、その上美味しい珈琲を淹れられる暁彦は、世間でいうところのハイスペックというのだろう。翔子とのことがなければ、たぶん恭介とはすれ違うことさえない、別の世界に住んでいる人だ。

それが、琢巳の我が儘に付き合い、一緒に川の字で寝て、二人で足を忍ばせて部屋を抜け出し、こうして向かい合ってカフェラテを飲んでいる。しかもパジャマ姿で。

本当に、どうしてこんなことになっているんだろう。

あり得ないシチュエーションになんだか笑いが込み上げてくる。

カップを持ったままクスクスと笑っている恭介を、暁彦が不思議そうに見つめてきた。

「いや、なんか、珈琲飲んでる場合じゃないだろうって思ったら可笑《おか》しくて……、や、そうじゃなくて。なんか変だなっていうか。え、違うんですが」

ふざけた言い方になったかもと、慌てて言い繕《つくろ》おうとして、ますますドツボに嵌《は》まって焦っている恭介を見て、暁彦が「確かに」と言って笑った。

「本来ならいがみ合うべき二人だからな。確かにこうしてお茶なんかしている場合じゃない」

「……ですよね。すみません」

ゆったりとした雰囲気につい調子に乗り、失言してしまったと反省している恭介に、今度は暁彦が慌てて「いや、責めてないから」と言った。

「不思議と腹立たしさが起こらない。まあ、最初は驚いて、どうしてやろうかって思ったが、すぐにそんな気持ちは消えた。早瀬さんが誠実だからかな」

「や、そんな、誠実とか。そんなじゃないです」

恐縮して言うと、暁彦は笑みを深め、「本当だ」と言った。

「琢巳のことでも助けてもらったし。それに、あの子が短期間でこれほど心を許すのは、やはり人柄が良いからだと思う」

真面目な暁彦は、相手に対する称賛も真っ直ぐだ。誠実というなら暁彦のほうがよほどそうだと思う。恭介は居心地が悪くなり、珈琲カップに視線を落とした。

「……それともやはり、本当の父親だから、懐《なつ》くのかな」

え、と顔を上げると、暁彦はこちらを見ずに、静かにカップを口に持っていく。

「これからのことなんだが」

一口珈琲を飲んだ暁彦は、カップをテーブルに置き、恭介を見つめた。

「とにかく、琢巳の父親がどちらかというのを確かめなければならない。これは必須だ」

「はい」

「ＤＮＡ鑑定をすることになるが、かまわないか？」

調べてくれる機関を探し、依頼するとして、結果が出るまでには数日から数週間は掛かるだろうと、暁彦は真面目な顔をして言った。

「ええ、それは俺もはっきりさせたいです」

弁護士だとか、ＤＮＡ鑑定だとか、あまりに遠い世界の話で、全然現実味がないが、琢巳に関しては、早急になんとかしてやらなければいけないと、恭介も思っていた。

問題が長引けば、琢巳の不安な期間も長くなる。いろいろな難しい問題にぶつかるだろうことは明らかで、だけどなるべく穏便に、できるだけ早く解決してあげたい。グダグダと長引いて、今日のように身体に不調を来したり、何よりあんな悲しい泣き顔をさせるのは、可哀想だ。

「翔子さん、いつ帰ってくるんですかね。っていうか、いったいどういうつもりで……」

気軽な調子で琢巳を置き去りにしていった翔子が恨めしい。付き合っていた時からお嬢様気質で自分本位なのは分かっていたが、母親としてあまりにも酷過ぎる。

「そうだな。電話も通じないし、メールも反応がない。携帯は持って行ったらしいから、こちらから連絡しているのは知っているはずなんだが」

「明日の日曜に戻ってきたらいいですが、このまま姿をくらましたりしたら、どうします？　琢巳くんの幼稚園とか」

「それなんだよな……」

琢巳の父親が誰かというのも大問題だが、当面の一番の問題は、実際の生活をどうするかということだ。明日の日曜はいいとしても、明後日には暁彦の仕事が始まる。

「一日二日は休めるとしても、長くは無理だ。今、大事なプロジェクトを抱えている。急に休めば、周りに多大な迷惑を掛けてしまう」

実家に頼るのも、すぐには無理だろうと暁彦が言った。翔子の実家は遠方だし、暁彦の両親にも、できればすべてがはっきりするまでは知られたくないようだ。

「どちらの親に連絡をしても、大騒ぎになり、収拾がつかなくなりそうだからな」

「そうですね」

「心情的には、翔子が戻ってきても家には入れたくないんだ。こんな無責任なことをしておいて、元の生活に戻れるとは思えない。だが、そうなると困るのが自分だっていうのが腹立たしい」

苛立たしげな声を発し、暁彦が頭を抱えた。

「当面は家政婦を雇うことになるだろうが、琢巳は人見知りが激しいからな。面接するだけで大変そうだ。いい人を選んだつもりでも、琢巳に合わなければ仕方ない」

言葉を呑み込んで、なんでも我慢しがちな琢巳には、酷なことかもしれない。また腹痛を起こしてしまうかもしれず、暁彦はそれが心配のようだ。

「……あの、よかったら、俺が琢巳くんの面倒をみましょうか」

頭を押さえた手はそのままに、暁彦が唖然とした顔で恭介を見る。

「俺、今無職だから時間あるし。琢巳くんも俺なら大丈夫そうだし」

単純な思いつきだ。恭介には時間があり、暁彦にはそれがない。誰の助けも借りられない暁彦を、自分なら助けられると思ったのだ。

「例えば、朝は暁彦さんに用意をしてもらって、幼稚園のバス停まで送ってもらう。俺は夕方琢巳くんをお迎えして、暁彦さんが帰ってくるまで面倒をみて、それから帰ればいい」

暁彦は頭に置いていた手を口元に移し、思案げに瞳を揺らしている。

「応急の対策です。ええと、差し出がましい提案なのは承知ですが。もし、暁彦さんが嫌でなければ、っていうか、……もちろん嫌ですよね。すみませんでした」

「っ、……いや、違う。そうじゃなくて」

口に出してから、図々し過ぎたと撤回しようとする恭介に、暁彦が慌てて言った。

「琢巳も君には懐いているし、あの子の負担も少なくて済むから、こちらとしてもその……」

勢い込んで、大きな身体を乗り出し、それからゴホン、と咳払《せきばら》いをした暁彦が、ゆっくりと息を吸った。

「私も君、……恭介さん、に協力してもらえれば、正直助かる」

急に下の名前で呼ばれて、ドキッ、とした。呼ばれて初めて、自分のほうも何気なく暁彦をそう呼んでいたことに気付き、慌てるが、今更訂正するのもおかしな気もした。

「しかし、毎日ここへ通うなんて、負担じゃないか？」

「俺は全然。本当に、暁彦さんさえ嫌じゃなかったら」

「いや、それはない。嫌だとか、そんなことは」

「そうですか。よかった」

心底ホッとして、恭介は思わず笑顔になった。

「『冗談じゃない、ふざけるな』って、怒鳴《どな》られるかと思った」

「まさか。そんなことはしないよ。私にとっても、とてもありがたい提案だ」

そんな風に言ってもらえ、恭介はますます笑顔を深め、「頑張りますのでよろしくお願いします」と頭を下げた。

暁彦のほうも律儀にお辞儀を返し、「こちらこそお世話をお掛けします」と言う。

こうして琢巳の父親候補二人は、互いに協力し合い、母親不在の生活を乗り切ることになった。

翌日の日曜は晴天だった。

三組並んだ布団から起き上がった父親候補二人は、ぎこちない挨拶を交わし、取りあえず朝の支度に取りかかった。

恭介は借りた布団を仕舞い、琢巳の着替えの手伝いをしながら相手をし、その間に暁彦が朝食の準備をした。

琢巳はすっかり元気になり、お客さんのお泊まりに静かにはしゃいでいた。広い部屋の中を、恭介の手を引いて案内してくれ、自慢のおもちゃなどを披露し、それからキッチンに籠《こ》もったきり出てこない暁彦の様子を見に行った。

「手伝いましょうか。これを切ればいいんですか?」

卵や野菜、ウインナーなどを並べ、覚束《おぼつか》ない手つきで包丁を入れている暁彦に声を掛ける。

「ああ。すまない。こういうことは、あまりしたことがなくて。スープとスクランブルエッグと、トーストにフルーツでいいだろうか」

「十分です。スープはコンソメかな?　この辺開けていいですか?」

「もちろん。明日から任せることになるんだから。何処でも自由に使ってくれ」

そんな二人のやり取りを、琢巳が不思議そうに眺めている。

「ああ、琢巳。明日からな、しばらくの間、恭介さんがここへ来てくれるから」

「おじちゃんが?」

まん丸に目を見開いた琢巳に聞かれ、恭介は笑顔で頷いた。

「仲良くしような」

「ちゃんとおじちゃんの言うことを聞くんだぞ」

「暁彦さんまで『おじちゃん』って言わないでくださいよ」

苦笑交じりに恭介が言うと、暁彦が「すまん」と謝ってきて、「早瀬さん」と今更言い直すから、名前呼びをお願いした。

「琢巳くんも、そう呼んで?」

「恭介おじちゃん……?」

「おじちゃんいらないかも」

「恭介」

「こら、琢巳、呼び捨ては失礼だろう」

「俺はかまわないけど、じゃあ、そうだな、『くん』づけでお願いしようか。暁彦さんも、それで」

三つ年上の暁彦を「さん」づけで呼ぶのは自然だと思うが、自分がそれをやられると、なんだか居心地が悪い。恭介がそう言ってお願いすると、暁彦は照れくさそうではあるが、快く承諾してくれた。

「琢巳、そういうわけで、明日から恭介くんがお前の世話をしてくれるから。ちゃんと言うことを聞いて、困らせるんじゃないぞ」

「恭介くんも僕のおうちに住むの？　お母さんがいなくて、お父さんが二人になるの？」

無邪気な顔で琢巳が言い、暁彦と二人で顔を見合わせ、返事に困る。

「住むわけじゃないよ。お父さんがお仕事に行っている間、俺が琢巳くんと一緒にお父さんを待つんだよ。お父さんが帰ってきたら交替して、俺は帰る」

「毎日お泊まりしてもいいよ？」

にっこりと誘われ、「ありがとうね」と、笑って濁した。

「用意ができるぞ。さあ食べようか。琢巳、皿を運んでくれるか？」

暁彦の助け船で話題が中断された。機嫌良くトーストの載った皿を運んでいく琢巳を見送り、二人で肩を竦め、笑い合う。

「お父さんが二人になるか。子どもの発想には敵《かな》わないな」

「そうですね。でも、前向きな発想だ」

「確かに」

翔子の不在を恭介で埋め、数を合わせる。単純で合理的な提案は微笑ましく、一昨日からの出来事が、琢巳にとって取り返しがつかないほどの傷になっていないようだと思い、安堵する。

琢巳に続いてスープの入ったカップとフルーツが盛られた皿を運び、大きなダイニングテーブルで、三人での朝食をとった。

スープにデザートまで付いた、恭介にとっては豪華な朝食を三人で囲みながら、明日からのことを相談した。

「持たせる物は、ハンカチとティッシュでいいのか？　制服も調《ととの》えておかないといけないな。琢巳の幼稚園は給食だから、弁当がいらないのが助かる」

「お弁当の日あるよ？」

「えっ？」

暁彦が驚いた声を上げ、琢巳が「うん」と元気よく頷いている。持ち物もティッシュとハンカチだけではもちろんなく、琢巳は指を折りながら、「おはしセットとー、ナプキンとー、コップとー、シール帳とー」と挙げていく。

「シール帳っていうのはなんだ？」

「先生が毎日貼ってくれるの。園バッグの中にあるよ」

暁彦が琢巳の部屋から幼稚園用の園バッグを持ってきて中を探ると、確かに「シール帳」と書かれたノートが出てきた。日々の連絡帳のようで、最初のページには持ち物リストが載っていて、それを参考に毎日の準備が整えられるようになっていた。

「ああ、そうか。月曜は上履きを持って行くんだな。忘れるところだった」

「琢巳くんの幼稚園は行事が多いって言ってましたよ。毎日の持ち物の他にも、突発的に持っていく物があるかもしれないですね」

暁彦がリビングに行き、翔子が保管している書類関係のファイルを探し出してきた。幼稚園関連のお知らせなどが纏《まと》めて入っているファイルから、「年間行事予定表」と書かれたプリントを見つけ、二人で確認する。

Ａ４用紙に印刷された予定表には、遠足や親子参観、バザーやプールなどのスケジュールがびっしりと詰まっていた。五月の今は遠足も終わっていて、六月も梅雨《つゆ》の時期を考慮したのか、大きな行事がないのが幸いだった。

第二、第四の水曜日には「弁」と書かれた項目があり、恐らくこの日が弁当を持たせる日だ。

「第四となると、今度の水曜か。なんとかしないといけないな。この『もくもくの会』っていうのはなんだ？」

「お母さんがご本を読みに来てくれる日。おかしの日もあるよ。おかしの日はエプロンを持っていくの」

琢巳の説明では、ＰＴＡの有志が集まり、定期的に読み聞かせや、手作りの菓子を園児も交えて作る機会を設けているらしい。他にも造形教室や体操の日などもあり、そういう時には体操服やスモックなどを持っていくと、琢巳が言った。

特殊な持ち物は先生が帰り際にプリントにしてシール帳に挟んでくれることなどを、琢巳は暁彦に教えた。

「お父さん、お教室はどうするの？　プールも恭介くんが連れてってくれるの？」

「ああ……。そうか。そっちもあったか」

別のファイルを取り出し、習い事の曜日を確かめる。翔子が詰め込んだ琢巳のスケジュールはかなり過密で、琢巳のためというより、自分の時間を捻出するために琢巳を忙しくしているように思えた。

「ちょっとここまでは手が回らないな。悪いが、琢巳。プールと幼児教室はしばらくお休みしてもいいか？」

「うん。いいよ」

琢巳が快く承諾し、取りあえずは毎日の生活のリズムを作ることに専念することになった。

「……凄いなあ。琢巳くんがちゃんと教えてくれたお蔭《かげ》で、明日からなんとかなりそうだ」

恭介をここまで連れてきた時にも感じたことだが、琢巳はとても利発で、しっかりした子どもだ。

暁彦も「そうだな」と、琢巳の頭を撫で、琢巳が嬉しそうに笑った。

朝食が終わり、三人で後片付けをし、部屋の掃除や洗濯も三人でやった。一角に雑然としている部分があるものの、広い部屋は整頓も簡単で、洗濯も暁彦に「そこまでしてもらうのは」と遠慮されたが、平日に琢巳の汚れ物を洗うこともあるだろうからと、使い方を覚えるためにやらせてほしいと申し出た。

入り用な食材を買っておくと言われ、冷蔵庫の中を覗くが、恭介も料理が得意というわけではないので、これといったものも思いつかない。

「調味料は揃《そろ》っているみたいだし、冷蔵庫を見ただけじゃ分からないなあ」

あとでメニューを検索しておこうと考える。子ども向けのおやつや、暁彦にも喜んでもらえそうな夕食など、いろいろと計画を練りながら、ふと、浮かれている自分に気付き、恭介は苦笑した。

「じゃあ、一緒に買い物に出るか。ついでに外で食事をしよう」

恭介がここに通うのは明日の夕方からだから、昼前には帰ろうと思っていたのだが、暁彦に誘われ、昼を待って三人で出掛けることになった。

暁彦たちの住む地域はいわゆる高級住宅地で、近くには大きな公園があり、並んでいるマンションも一戸建ても、立派な建物が多い。

池のある公園には犬の散歩やジョギング、スケッチをしている人などがいて、皆休日の午後をゆったりと過ごしているようだった。

公園の中を散歩しながら通り過ぎ、駅前に出る。石畳の敷かれた歩道は綺麗で、緑も多い。イタリアンやフレンチ、有名スイーツの店が並んでいた。道行く人も洗練された格好をしていて、まるで外国のような街並みだ。

襟《えり》のあるサックスブルーのシャツにサマージャケットを着た暁彦と、ロゴ入りの白のポロシャツにハーフパンツを穿《は》いた琢巳との父子《おやこ》も、そんな風景に自然と溶け込んでいる。

セレブな街に、セレブな親子の姿だが、琢巳の手には恭介が与えたハンドタオルのクマがしっかりと握られていて、その姿に和《なご》む。

「クマ、随分気に入ってくれたんだね」

家でも常に持ち歩き、こうして外出にも連れ出してくれたことが嬉しく、恭介がそう言うと、琢巳は自慢するように掲げてみせ「タクロウ」とクマの名前を教えてくれた。

「琢巳くんとタクロウか。いいね。兄弟みたいだ」

恭介の褒め言葉に琢巳が笑い、掲げたクマを自分の顔にくっつけて、頬《ほお》ずりをしている。

「恭介くんも、クマ好き？　動物飼ってた？」

「動物は飼ったことがないんだ。でも、ぬいぐるみなら、やっぱりクマが一番好きだな」

動物は飼える環境になかったし、自分のおもちゃも持てなかった。

「そういえば小学生の時、同級生のお友だちの家に遊びに行って、でっかいクマのぬいぐるみがあってさ。凄い羨ましかった」

他にもゲームやカードなんかのおもちゃもたくさんあったと思うが、あのクマだけがやけに印象に残っている。

「小学生の俺とおんなじぐらいの大きさでね、ベッドの上にドンッて座ってた。触るとフカフカで、そこの家に行くと、友だちよりもそのクマをかまってたな。あのクマに会いたくて、友だちの家に遊びに行ってた気がする。凄く欲しかったんだ、クマ」

「おうちの人にお願いして、買ってもらったらよかったのにね」

子どもの無邪気さで琢巳が言い、「そうだね」と、恭介も笑いながら頷いた。

三人で並んで駅前の道を歩き、昼食はビュッフェスタイルのカフェを選んだ。

採光をふんだんに取り入れた明るい店内は広く、客席もゆったりしていた。ギャルソンに案内された席は清潔な白のクロスに、ホテルのようなテーブルセッティングが用意され、花まで飾ってある。

カフェと聞かされ気軽について行った恭介は、思っていたのとはまるで違う豪華な店内の様子に、度肝を抜かれてしまった。

「ここは材料も確かだし、味もいい。グリル料理はその都度調理してくれるから、好きなものを頼むといい」

物慣れた調子で暁彦が言い、琢巳もよく利用しているのか、恭介よりも落ち着いて席に着いている。

「デザートもおいしいよ」

「今の季節ならいちごかな。季節ごとのデザートにも力を入れていて、それ目当てで遠くからやってくる客も多いそうだ」

三人で料理の並ぶエリアに行き、あれこれと説明を受けながら、料理を選んでいく。食材はオーガニックにこだわっているらしく、一つ一つが芸術品のように綺麗だ。

暁彦は琢巳のために料理を取り、シェフに声を掛け、ローストビーフを切ってもらっていた。付け合わせは見たことのないような色や形の西洋野菜で、恭介には味の見当もつかない。

「イタリアンやフレンチでよく使われるものだよ。味はそう、ブロッコリーに似ていて、もう少し濃厚だ」

珍しい野菜をじっと見つめている恭介に、暁彦が教えてくれた。勝手の分からない恭介のために、シェフに恭介の分の肉を焼いてくれるよう頼んでくれ、付け合わせの温野菜も選んでくれる。

自分たちで持ってきた冷菜と、調理されて運ばれてきた料理がテーブルに並び、三人で少しずつシェアしながら口に運んだ。

肉は軟らかく、野菜は瑞々《みずみず》しく、それぞれの食材に合わせたソースも、とても美味しかった。すべてが厳選された、手の込んだ料理で、ランチビュッフェといっても、たぶんホテル並みの値段がするのだろう。

琢巳はフレンチトーストと、フルーツソースの掛かった小さなパンケーキを頬張り、暁彦にローストビーフを切り分けてもらっている。

暁彦は恭介の皿にも料理を盛ってくれ、これは美味しい、この味はどうかなと、いろいろ気を遣ってくれた。気後れしている恭介をさりげなく気遣う態度が自然で、上質な大人の鷹《おう》揚《よう》さを感じた。

コンビニが御用達で、外食もファストフードかファミレスばかりの恭介は、まるで映画の一場面に入り込んでしまったような気分だ。暁彦と琢巳の親子は主役で、恭介はエキストラ。それも監督のオーダーにそぐわない、場違いなキャスティングに駆り出されてしまったような感覚で、なんとも申し訳なく、だけど夢のような日曜の午後だった。

「今日はいつもよりたくさん食べたな」

暁彦が満足そうな顔をして、琢巳を眺めている。スマートで逞《たくま》しく、優しい父親の顔だ。

「お腹いっぱい」

「じゃあ、もうデザートは入らないか？」

笑顔でそう言う暁彦に、琢巳が「食べる！」と元気よく答える。

デザートは恭介が琢巳を連れて行き、二人で暁彦の分も選んだ。「お父さんは珈琲の味のケーキが好き」と琢巳が言うので、ティラミスを皿に載せ、恭介はカクテルグラスに入ったチョコのムースにした。琢巳が選んだのは、いちごのパルフェだった。

豪華なランチを終え、そのあと近くのスーパーに寄った。そこもセレブ御用達のような高級食材を扱うスーパーで、なんでも買ってくれと暁彦に促されたが、恭介は選ぶことができなかった。

「献立とかまだ全然決めてないから、明日来る時に、俺一人で適当に買って行きますよ」

「そうか。面倒を掛けるな」

暁彦に材料費だと金を渡されそうになるのを、慌てて固辞する。

「こちらが世話をお願いするのだから、支払うのは当然だ。受け取ってくれ」

律儀な暁彦との何回目かの押し問答の末、あとから精算することに落ち着いた。

「じゃあ、琢巳くん、明日からよろしくな。幼稚園のバス停まで迎えに行くから。暁彦さんも、朝、頑張って」

激励を送り、駅前で琢巳たちと別れた。電車に乗り、恭介は自分の部屋へと帰ってきた。

部屋に入り、ダイニングテーブルに落ち着くと、たった一日のことなのに、旅行から帰ってきたような疲労感があった。疲れてはいるが、不思議な高揚感もある。

慣れ親しんだホワイトオークのテーブルを見つめ、暁彦たちの部屋の様子を思い出す。

「あんな生活はとてもさせてやれないよな……」

これから再就職をしたところで、恭介と暁彦とでは収入も、生活のレベルもまるで違う。

もし琢巳が自分の子だったらと考え、恭介は途方に暮れた。

「俺の子、か。びっくりだけど、でも、うん。なんとかしなきゃな」

結婚願望は人一倍強かった恭介だ。早く自分の家族が欲しいとずっと思っていた。もし琢巳が恭介の子だったら、それが叶う。

この部屋で琢巳と一緒に生活している光景を想像してみる。目に浮かぶのは、向かいの席で炒飯や目玉焼きを黙々と食べている琢巳の姿で、そのうちに、あっちのマンションで一緒に朝食をとったり、三組並べた布団の上でバタ足をしていたものに変わっていく。

「可愛かったたな。俺の作ったクマ、気に入ってくれて」

ハンドタオルで作ったクマにタクロウと名付け、何処へでも連れて歩いていた。タクロウを片手に、もう片方の手を暁彦と繋ぎ、楽しそうな笑顔を恭介に向けていた。

「琢巳くんにとっては、暁彦さんが父親のほうがいいよなあ、絶対」

初めは冷たくて怖い人かと思ったが、全然そんなことはなかった。

腹痛を起こした琢巳を見て救急車を呼ぼうと焦っていた顔や、処置をした恭介に対し、ありがとうと素直に礼を言った態度は、人間味の溢れる、優しい大人だった。

お互いにパジャマ姿のまま、今後のことを話し合い、困り果てて頭を抱えていた様子や、昼間のカフェでの堂々とした姿、それから朝のキッチンで、覚束ない手つきで野菜を切っていたことなどを思い出しているうちに、いつしか恭介の顔には、笑みが浮かんでいた。

「取りあえず、明日からか。何作ってあげようかな」

琢巳がどちらの子なのか、数週間後には決定する。

それまでの間、琢巳が不安定になることなく、生活にもなるべく不便が生じないよう、暁彦をサポートしていこう。

そこから先のことは、その時に考えればいい。

翔子からのメモを見た時にはただただ狼狽《ろうばい》し、暁彦と初めて対面した時には、逃げ出したいほど恐ろしかったが、今はなんとなく前向きになっている自分がいる。

琢巳と暁彦と過ごしたことで、一人じゃないという安心感があった。

琢巳の父親候補が二人。本来なら敵対すべき間柄なのに、琢巳を間に挟み、妙な連帯感が胸の内に芽生えている。

向こうも同じように感じている気配があり、だからこそ、恭介は自分から通おうかなどと、無謀な提案が口から出たのだ。

「和んでる場合じゃないんだけど」

暁彦に淹れてもらったカフェラテを飲みながら、「そんな場合じゃない」と、笑い合った。

あの時の暁彦の笑顔を思い出し、やっぱり笑ってしまう恭介だ。


翌、月曜日の午後三時。恭介は幼稚園バスのバス停に立っていた。

天気予報では午後から小雨が降ると言っていたが、今のところまだもっている。部屋を出る時に、一応傘を一本持ってきた。

恭介と同じようにバスの到着を待っているママさんたちは、恭介から少し離れた場所に固まり、チラチラとこちらを窺っている。子ども用の傘を手にしている人もいて、曇り空の中、カラフルな色が映えていた。

母親の一人と目が合い、恭介が会釈《えしゃく》をすると向こうもぎこちなく頭を下げ、それをきっかけに恭介は集団に近づいた。

「こんにちは。今日から琢巳くんのお迎えをすることになりました。琢巳くんのお母さんは実家のご家族が入院され、その都合でしばらく留守にすることになりまして」

丁寧に挨拶をすると、ママさんたちは合点がいったというように、俄《にわか》に笑顔になる。

「僕は琢巳くんのお父さんのほうの遠い親戚で、早瀬といいます。臨時のシッターということで、手伝いをすることになりました」

翔子の不在については暁彦と相談し、翔子の母親に病気になってもらうことにしていた。恭介のことをどのように説明するかについても打ち合わせをしており、幼稚園には暁彦が今朝、連絡をしているはずだった。

「そうだったんですか。朝はお父様が送りにいらしていましたもんねえ」

赤い花柄の傘を持参していた女性が言い、同情するような顔を作った。集まっている母親たちは、地域柄もあるのだろう、皆おっとりとして品があり、人がよさそうに見えた。

「あの、いろいろと教えていただきたいのですが」

遠巻きにされるよりも、早くに溶け込んでしまったほうが、琢巳のためにもいいだろうと、恭介は自ら母親たちの輪に入った。

彼女たちの手にしている傘を話題に出し、雨の日の送りやお迎えは雨具をどうしたらいいか、また、シール帳にないもので、他に用意したほうがいい持ち物、トラブル時の対処法など、初めに話し掛けてくれた母親に質問する。

「急なことだったので、僕も琢巳くんのお父さんも、とにかく何も分からなくて。琢巳くんが可哀想なことにならないように、いろいろと教えてもらえたら助かります」

控えめに尋ねると、善良な母親たちはすぐに同情してくれ、いろいろと教えてくれた。

雨の日の雨具は幼稚園までは持っていかせず、バス停で親が受け取ること、喧嘩やトラブルに見舞われた時の連絡について、また、今子どもたちの間で流行《はや》っている遊びやアニメのことなど、母親たちから出る話題は豊富で、どれもためになるものだった。

礼を言いながら携帯にメモを取る恭介に、「何かあったら遠慮なくおっしゃってください」と、連絡先まで教えてくれた。

やがて幼稚園バスが到着し、子どもたちが降りてきた。琢巳が満面の笑みを浮かべ、「恭介くん」と、飛びついてくる。

「約束どおり、お迎えにきてくれた！」

「ああ、来たよ。おかえり」

恭介の腰に抱きつくようにして琢巳が「ただいま！」と元気よく言った。そんな琢巳の様子に、バスに同乗していた先生が驚いた顔をしていた。幼稚園でも琢巳は、あまり自己主張をしない存在らしい。

傘の出番のないまま、二人で手を繋いでマンションまで帰っていく。歩きながら、琢巳がしきりに「僕のおうちに一旦帰った？」と聞いてきて、恭介は「いや、行っていないよ」と答えた。

「おうちの中、見てない？」

「見てないよ。どうして？」

「ううん。いいの」

恭介の手を握ったまま、琢巳が機嫌の良い声を出す。

暁彦からは合鍵を預かっていたが、今日は自分の部屋から直接バス停まで行ったのだ。例えば雨の日に琢巳のお気に入りの傘でお迎えをしなければいけない時などは、一度寄ることもあるだろうが、それ以外の用事で留守宅に上がる気はなかった。

赤の他人に鍵を渡すのは、暁彦にとってかなり勇気のいったことだと思う。それは恭介を信頼してくれた証拠で、だからこそ恭介は、節度のある行動をしなければならないと思っていた。

「おやつにフレンチトーストを作ろうと思ってるんだ。琢巳くん、好きだろう？」

「うん。大好き」

「買い物をしてから帰ろうな。夕飯は何が食べたい？　難しいのは無理だけど、カレーとか、ハンバーグとか、そういうのならなんとかできるから」

「あのねえ、オムライス！」

「おお……。微妙に難易度が高そうだ。卵でクルッとできるかな」

「……別のでもいいよ？」

「頑張ってみるか。失敗してもガッカリしないでね」

そんな会話をしながら、途中で買い物をし、琢巳のマンションに帰ってきた。

部屋に入ると、琢巳が恭介の手を引っ張り、真っ直ぐにダイニングに連れて行かれる。

「見て見て」と言われてダイニングテーブルに目をやると、そこには先客がいた。

一昨日からずっと恭介が座っていた椅子に、クマのぬいぐるみが置いてある。薄い茶色をしたクマはかなり大きくて、四歳児の琢巳と同じぐらいはある。それがまるで人間のようにして、椅子に座っていた。

琢巳がしきりに部屋を見たかと聞いてきたのは、これが理由らしい。

「お父さんがね、プレゼントだって」

恭介と別れたあと、ぬいぐるみを扱う店の前を通り、入ったのだという。

「昨日、お店で見つけたの。お父さんが、恭介くんに買ってかえろうって言って、選んだんだよ」

「え……？　俺に？」

驚いた声を上げる恭介に、琢巳が得意げな顔をして頷いた。

「なんで俺？　琢巳くんのだろう？」

「違うよ。だって僕にはタクロウがいるもの」

園バッグからハンドタオルのクマを出してきた琢巳が言った。琢巳は幼稚園にもタクロウを鞄に忍ばせ、連れていったらしい。

「だから、これは恭介くんのクマさんだよ。お父さんねえ、いっしょうけんめい選んだんだよ。もっと大きいクマもいたの。だけどこっちのお顔が恭介くんに似てるだろう？　ってお父さんが言って、これにしたの」

真っ黒なガラスの瞳は、角度によって光を反射し、表情が変わる。毛足の長いふわふわとした巻き毛に包まれていて、そっと触ってみたら、想像通りに柔らかかった。

「気に入った？　恭介くん、これ、好き？」

下から覗き込んできた琢巳が聞いた。キラキラした瞳が期待に満ちている。

昨日、琢巳たちと食事に出掛けた時に、恭介は同級生の家にあったぬいぐるみの話をした。

とても羨ましかったと言ったあの話を聞いていた暁彦は、これを恭介にプレゼントしようと思いついたのだろう。

自分に似ているかどうかは分からないが、大きな瞳は表情豊かで愛嬌《あいきょう》があり、ふわふわの毛も手触りがとてもいい。

店の棚に並んだぬいぐるみたちを見つめ、真剣に選んでいる暁彦の顔が浮かんだ。琢巳に相談し、店員にも声を掛けたのかもしれない。吟味して、選び、買い求め、この大きなクマを抱えて歩く暁彦は、どんな顔をしていたのかと思ったら、温かいものが込み上げ、胸がいっぱいになる。

「凄く……気に入った。嬉しいよ」

恭介の言葉に、琢巳は満足そうに笑い、手に持っていたタクロウを、恭介のクマの顔に近づけ、「よかったね」と言った。


琢巳のリクエスト通りにオムライスに挑戦し、チキンライスをなんとか卵で包むことができた。ちょっと破れてしまったところは、茹《ゆ》でたブロッコリーとタコさんウインナーを埋め込んだら、琢巳がとても喜んだ。ブロッコリーとウインナーの残りはスープに投入された。

琢巳を風呂に入れて、明日の準備をし、歯を磨いているところに、暁彦が帰ってきた。

普段は深夜近くの帰宅で、今日も琢巳をバス停まで送るために遅い出勤にしてもらった暁彦だったが、流石《さすが》に琢巳のことが気になり、早めに帰ってきたらしい。

パジャマ姿の琢巳が、夕方恭介にしたように暁彦の腰に抱きつき、恭介も「おかえりなさい」と出迎えた。

暁彦は琢巳の頭を撫で、それから恭介に「ただいま」と笑顔を向けた。スーツ姿の暁彦は、私服の時とはまた違った格好良さで、短い髪を後ろに流した顔も、キリッとした男前だ。

「琢巳は大丈夫だったかな。なんの問題もなかったか？」

琢巳を腰に引っ付けたまま暁彦が言い、恭介は「何も」と答えた。

「凄く良い子にしていましたよ。それから、あの……、クマ、ありがとうございます」

恭介が頭を下げると、暁彦は「ああ」と照れくさそうに笑い、ダイニングテーブルに視線を移した。夕方恭介の席にいた巨大クマは、今暁彦の席に座っていた。

「びっくりしました。凄く嬉しいです。でも……」

「俺があげたいと思ったから、選んだんだ」

遠慮の言葉を発しようとする恭介を、暁彦が先に制した。

「気に入ってもらえたのならいいんだが」

「それはもう、もちろん気に入りました。こんな大きなクマもらったことないから。本当、凄く嬉しいです」

「これが一番可愛かったからな、一目惚《ひとめぼ》れだ」

そう言って笑っている暁彦から離れた琢巳が、クマのところに行き、「今度はこっちね」と、クマの席を隣に移している。

スーツのままの暁彦に着替えるように促し、恭介は暁彦のために夕食の準備をした。

あらかじめ作っておいたチキンライスを温め、フライパンに流した卵で包む。慎重にフライパンを滑らせ、今回は破くことなく上手く卵を載せられた。

ダイニングに戻ってきた暁彦に、オムライスとスープ、サラダを出すと、暁彦は恐縮しながらも、嬉しそうにスプーンを取ってくれた。

「上手いもんだな。ちゃんとオムライスの形になっている」

「ちょっとズレちゃったんですが、誤魔化《ごまか》しました」

「いやいや、立派なもんだよ」

「僕のはね、タコさんウインナーが載ってたんだよ。三つ入ってたの。タコさん美味しかったんだよ。卵が破けちゃったから、そこにタコさん入れたの」

琢巳の自慢に、暁彦は「そうか」と頷きながら、「……俺のにはない」と不満そうに言う。

「あ、残りはスープに入れちゃったから、もうないんですよ」

「なんだ。残念だ」

真面目な顔をして、本気で言っているようなのが可笑しい。

昨日までは自分のことを「私」と言っていた暁彦の一人称が「俺」に変わっていた。普段から使っているらしく、自然に口をついている「俺」呼びに、恭介に対するバリアがどんどん取れているようで、なんとなく嬉しい。

「タコさんウインナーか。水曜に持たせてやる弁当も、何か工夫してやったほうがいいんだろうな」

恭介の作ったタコさんウインナーのことを自慢げに語っている琢巳を見て、暁彦が言った。

「ああ、そうですね。ウインナーなら切るだけだし、あと、野菜を花形にしたり、お握りにもキャラクターの海苔を貼ったりとか、簡単な弁当グッズがいろいろあるそうですよ」

夕方お迎えのバス停で仕入れてきた情報を、暁彦に教えてやる。

「駅前にある雑貨店でお母さんたちは買っているみたいです。バランとか、ピックなんかも種類が豊富で、凄く便利なんだって言ってました」

月に二回の弁当の日は、母親たちの腕の見せ所らしく、器用な人も、そうでない人も、道具を駆使し、工夫を凝らしたものを子どもに持たせているのだそうだ。

今日、連絡先を交換したママ友のSNSの画像を呼び出し、暁彦に見せると、隣から覗き込んだ琢巳が、「あ、よしきくんのガオガオガーのお弁当だ」と言った。

「……凄いな。一回のお迎えで、もう知り合いになったのか」

暁彦が唖然とした顔をして、恭介を見上げた。

「ああ。いろいろ教えてもらいたくて。皆さん親切な方たちでした」

「俺が朝、琢巳を連れていった時は、凄く遠巻きにされたぞ……」

暁彦がガックリと項垂《うなだ》れた。

「皆さん、状況が分からなくて、聞けなかったんじゃないですかね。もう事情が分かったあとだから、明日は大丈夫ですよ」

「俺は事情を話す間もなかったんだが」

挨拶をしても目を逸らされ、琢巳をバスに乗せたあとは、逃げるように散っていったと、恨みがましい目で見つめられ、恭介は懸命に暁彦を慰めた。

「ほら、暁彦さん迫力あるし、話したら気さくな人だってみんな分かりますよ」

「いや、気さくじゃない。誰からも怖いと言われる」

「そんなことないですって……」

初対面では自分も暁彦が怖かったことを思い出し、慰めの言葉が尻つぼみになっていく恭介を見て、暁彦がフッ、と笑った。

「恭介くんは人の気持ちを摑《つか》むのが上手いんだな」

「そんなことはないですよ」

「いや、本当だ。現にバス停ですっかり打ち解けて、必要な情報をちゃんと集めてきたじゃないか。凄いと思うよ。性格がいいんだろうな。俺には到底真似できない。尊敬するよ」

相変わらず真っ直ぐな褒め言葉に狼狽《うろた》えながら、「違いますよ」と否定した。

「打ち解けてるんじゃなくて、取り入ってるんですよ。敵を作るとろくなことがないから、味方になってくれそうな人を素早く見つけて、自分が損をしないように、上手く立ち回っているだけです」

諍いは嫌いだ。訳もなく攻撃されるのも避けたい。目を引く容貌は、何もしなくても妬《ねた》まれることもある。そうなる前に、一番強い人を味方につけ、すっとその後ろに隠れるのだ。可愛がられれば、叩かれても庇《かば》ってもらえる。

今日のお迎えの時にも、恭介は素早く母親の集団の中にいる中心人物を見つけ出し、最初に声を掛けていた。

要するに、人当たりのいいのは上辺だけで、ただ小狡《こずる》いだけの人間なのだ。

「暁彦さんが言うような、いい性格じゃないですよ、俺。薄情だってよく言われます」

だから恭介の本性を知れば、みんな去っていく。現に恋人には悉く振られ、親友と呼べる友人さえ持っていない。

「狡《こす》っ辛《から》いだけなんです」

「そんなことはない」

「いえ、本当に」

「いいや、違う。君は狡っ辛くなんかないし、薄情でもないよ。むしろお人好《ひとよ》しで、とても誠実な人間だ」

　恭介の否定を更に強く否定して、暁彦が恭介を見つめた。

「そうでなければ、琢巳は君に懐かない。幼稚園のママさんたちだって、簡単に連絡先を教えたりはしないだろう。なあ、琢巳」

　そう言って、自分の隣で恭介のクマと、ハンドタオルのタクロウとで遊んでいる琢巳の頭に手を置くと、琢巳が大きくあくびをした。

「ああ、もう寝る時間か。歯磨きも終わったんだったな。少し待っていてくれ」

　オムライスを急いで食べようとする暁彦に、「俺が連れて行きます」と、琢巳の寝かしつけを申し出た。

「ゆっくり食べてください。後片付けも、俺がやりますから」

　琢巳の背中に手を添え、「行こうか」と促すと、琢巳はおやすみの挨拶をしたあと、素直に恭介についてきた。

　琢巳をベッドに寝かせ、眠気がくるまでトントンと布団の上から叩いてやる。琢巳は寝床にもタクロウを連れ、一緒に枕元に寝かせていた。

　琢巳を寝かせつけながら、頭の中では暁彦に言われた言葉を反芻《はんすう》していた。

　他人とは浅い付き合いしかしてこず、翔子にも冷たい人だと言われた。確かに自分のテリトリーに他人を入れるのが苦手で、自分は情が薄いんじゃないかと思うことがある。

晓彦が言うような、人の気持ちを摑むのが上手いなんてことはなく、そう見えるのは、施設育ちだったことや、職場などで、今まで培ってきた処世術に過ぎない。

本人がそう言っているのに、暁彦は真っ向から否定し、君は誠実な人間だなんて言われ、どうしたらいいのか分からない。

だって、今まで恭介の外見を褒めてくれた人はいても、内面のことまで見て、そんな風に言ってくれた人はいなかったから。

「尊敬するとか。過大評価過ぎてもう……」

暁彦のほうがよほど立派で、できた大人なのに、あれだけ真っ直ぐに言われると、嬉しいのと恥ずかしいのとで挙動不審になってしまう。社交辞令として受け取って、軽く流せばよかったと今更思うが、遅かった。

それに、暁彦は社交辞令でそんなことを言わない人だということぐらいは、彼を理解していた。彼はきっと本心から恭介のことを誠実な人間だと思い、褒めてくれたのだ。

「困ったな」

思ったような人間じゃなかったと、あの人にガッカリされるのは嫌だなと思った。

考え事をしていてふと気が付けば、琢巳は既に夢の中にいた。

琢巳が完全に寝たのを確かめてからダイニングに戻る。暁彦は恭介の作った夕食を食べ終え、洗い物をしているところだった。

後片付けを手伝おうと、恭介もキッチンに入っていく。暁彦の隣に並び、洗ったばかりの皿を拭き、食器棚に戻していった。

広いキッチンは、男二人が並んで立っても十分余裕がある。シンクも調理台も大きくて、レンジなどの調理器具の他に、エスプレッソマシンが置いてあった。

「寝入るまで付き合っていたのか？」

「あ、ええ。寝付きは早かったですよ。一緒になって俺もちょっと意識飛ばしちゃって」

戻ってくるのに時間が掛かったことを、そんな風に言い訳した。

「何もかもやってもらって、すまない」

「いえ。全然平気です。琢巳くんは聞き分けがいいし、可愛いから、苦じゃないですよ」

「そうか」

「仕事辞めちゃって、暇だったから、やることがあって却って楽しいです」

自分から申し出たことで、やりたくてしているのだという意味を込めた言葉に、暁彦が「それならならよかった」と頷いている。

「前の職場はどうして辞めたんだ？」

暁彦の質問に、「リストラです」と正直に答えた。

「去年、ファニチャー関連の会社と合併したんですけど、そっちからきた正社員の人と、元いた従業員とがぶつかってしまって。それで、個人的にもいろいろあって、人員削減の対象者に入れられました」

「いろいろとは？」

言葉を濁したら、暁彦が詳しい理由を聞きたがった。洗い物を中断させ、こちらを見る暁彦に、仕方なく経緯を話すことになる。

「本社から来た人の一人にちょっと、……嫌われちゃって」

当たり障りのない関係なら、距離を取ればいいだけなのだが、職場ではそうはいかない。それに、こちらがどう出ようと、無条件に敵意を持つ人間も、少なからず存在する。

客の受けもよく、売り場ではチーフを任されていた恭介を、本社のその人は面白くないと思ったようだった。恭介の整った容貌も気に入らなかったようで、何もしなくても「生意気なやつ」というレッテルを貼られてしまったのだ。

合併直後のピリピリしている時期に本社のやり方を強引に進め、売り場の人間から反感を買った彼は、その不満を恭介に向けてきた。

「チーフ以上の人はみんな大卒で、その中に俺がいるのも不都合だったんだと思います」

降格させられて平の従業員として働く方法もあったが、それまで一緒に働いていた人たちがそのことに激怒した。職場が真っ二つに割れてしまい、恭介としては、間に入ってなんとか纏めようと努力したのだが、調整をしているうちに、トラブルを起こした代表のようになってしまった。

結局は恭介が辞めることでしか、ことが収まらなかったのだ。

「他の従業員には家族もあって、俺が全部被って消えるのが、一番穏便な解決方法だったんですよ。それに、昇級する見込みは高卒の俺にはなさそうで、庇ってくれた社員さんには申し訳ないけど、それだと俺にも続ける意味がないから」

「それは、随分酷い会社の体制だ。組合に掛け合えば、なんとかなったんじゃないか？」

「そうなんでしょうけど、合併前は本当に小さい会社で、『街の便利屋さん』みたいなところだったので、急にいろいろと改革を進められて、全然対応が追いつかなかったんです」

「そうか。大変だったな」

「仕方ないです」

アットホームな雰囲気で、働きやすい職場だった。ＤＩＹの楽しさもあそこで覚え、家具を作ったり、部屋の改造をしたりした。

「まあでも、身体は丈夫だからなんとかなります。失業保険も出るし、地道に転職活動をしていきますよ」

明るい声を出す恭介の隣で、暁彦は難しい顔をしていた。

恭介一人なら、どんな仕事に就いても生活はできるだろう。暁彦が懸念しているのは、もし琢巳が恭介の子どもだった場合、琢巳がどうなるのかということだ。

高卒で施設育ち。おまけに現在無職の恭介に、果たして琢巳が育てられるだろうかと心配しているのだ。

「もしＤＮＡ鑑定の結果、琢巳くんが、その、俺の子でも、ちゃんとしてやるつもりです」

「そうか……」

「はい。ここのような暮らしは与えてあげられないけど、ダブルワークしてでも、頑張って育てていきたい」

天涯孤独だった自分に血縁ができるのだ。どんなことをしてでも守ってやりたいと、それだけは決心している。

「もちろん、暁彦さんが父親だったほうが、琢巳くんにとっては幸せだと思いますけど」

「それはどうか分からないが。……まだ、何も決まっていない段階だから」

恭介の話を聞くために中断していた洗い物を再開しながら暁彦が言い、恭介も再び濡《ぬ》れた皿を手に取る。

——ずっと欲しかったんだ。家族が。

ごくごく小さく呟いた声は、水道の音に紛れ、暁彦は気付かない。

自分の子。自分の家族。大切な人と過ごす生活。

それは恭介が生まれてからずっと欲していた、唯一の願いだ。

水曜日の幼稚園の帰り。恭介はバスから降りてきた琢巳と手を繋いで歩いていた。

琢巳は上機嫌で今日の幼稚園での出来事を、恭介に話している。

「タコさんウインナーにおめめがついてたんだよ。あとね、はちまきも」

「そうか。暁彦さん、頑張ったんだな」

「ご飯がクマさんだった！　あとね、卵焼きもあったよ」

今日は月に二回ある弁当の日で、暁彦は琢巳のために、朝から大奮闘したらしい。

琢巳の報告を笑って聞きながら、二人の住むマンションへ帰ってきた。

琢巳を着替えさせ、幼稚園の園バッグからカップや弁当箱などを取り出し、それらを洗うためにキッチンへ入った恭介は、暁彦の悪戦苦闘の跡を目撃し、思わず笑った。

調理器具は洗われないままシンクの中に投げ込まれ、まな板も包丁も野菜の残骸を残したまま放置されている。スープが入った鍋がコンロの上に置かれていた。

「大変だったんだろうなあ。いったい何時に起きたんだろう」

琢巳の朝の支度をし、朝食を食べさせ、おまけに弁当まで作るのは、戦争のような忙しさだったろうと思う。だけど琢巳のために、ウインナーに海苔のはちまきを付け、ゴマで目を作り、卵焼きを焼いたのだ。

琢巳の面倒をみながら、自分の出勤の準備もしなければならない。片付ける時間など持てなかっただろうことは、容易に想像がついた。

まな板の上には包丁の他に、クマや星の型抜きもあった。恭介に教えられ、駅前の雑貨店か、或《ある》いは職場の近くで調達したのだろう。調理台にはゴマが散らばり、床にも落ちている。冷蔵庫の中には、失敗したウインナーのバラバラ死体が、ラップをした皿の上に大量に入っていた。

琢巳におやつを食べさせている間に、恭介は弁当と一緒に残された調理器具を洗い、水回りも綺麗に掃除した。幼稚園で使ったタオルや靴下を洗おうと洗面室に向かうと、そこも洗濯物でいっぱいだった。

カゴに入っている洗濯物を乾燥機付き洗濯機に入れ、スイッチを押してから部屋に戻ると、おやつを食べ終えた琢巳が、リビングでテレビを観ていた。

テレビの前にあるソファに座っている琢巳の横には、恭介がもらった大きなクマが置いてあった。

恭介が戻ってくると、琢巳はソファにいる自分の位置をずらした。空《あ》いた場所に恭介が腰を下ろし、一緒にテレビを観る。

恭介の隣に大きいクマがいて、クマを挟んだ隣にタクロウを抱いた琢巳が座っている。二人でソファに座る時には、なんとなくこれが定位置になっていた。真ん中にいるクマに両側から凭《もた》れ、二人でテレビを観るのだ。

両方のクマの首にはお揃いのリボンが巻かれていた。赤い色をしたそれは琢巳の誕生日のプレゼントを包んでいたもので、長毛の巻き毛を持つ恭介のクマには細過ぎて、毛に埋もれてほとんど見えず、逆に琢巳のタクロウはグルグルと巻き付けられ、マフラーをしているようになっている。

夕方まで琢巳と一緒にテレビを観て、そろそろ夕食の準備をしようと思っていた頃に、暁彦から連絡がきた。仕事で遅くなるという。

申し訳なさそうにする暁彦に軽く了承し、電話を切った。

朝は琢巳の幼稚園のバスの時間に合わせるために、暁彦は遅い出勤をしている。月曜、火曜と、これまでは夜も早めに帰ってきていたが、やはりそうもいかなくなったのだろう。

カゴいっぱいになった洗濯物や、さっきのキッチンの惨状を考える。次の弁当の日は二週間後だ。その頃にはどうなっているのだろう。毎日の遅い出勤も、暁彦の職場での立場を思うとかなり負担なのではないかと思う。今、大きなプロジェクトを抱えていると言っていた。

「……なんとかしてあげられないかな」

ソファに座り、琢巳の横でテレビを見つめながら、恭介は自分のクマを膝に抱いた。クマのいなくなった分、琢巳の身体が寄ってきて、今度は恭介に、琢巳が凭れてきた。

暁彦が帰ってきたのは十一時を過ぎた時刻だった。

琢巳はとっくに寝ている。恭介はリビングのソファで一人、テレビを観ていた。

リビングに入ってきた暁彦は、大きなクマを膝に抱いている恭介を見て、笑顔になった。「ただいま」と言う顔は、それでもだいぶ疲れているように見える。

キッチンもダイニングも片付けが終わっており、乾燥まで済ませた洗濯物は畳み、琢巳の物は子ども部屋に、その他の物はリビングに置いてある。

「遅くなってしまった。洗濯までさせてしまって」

ラグの上に積まれた洗濯物を見て、暁彦が謝ってきた。

「なんてことないですから。琢巳くんも手伝ってくれたし。それより着替えてきてください」

「ああ、ありがとう。いや、恭介くんこそ、もうこんな時間だから」

恭介の帰宅が遅くなることを心配し、暁彦がスーツ姿のまま恭介を送り出そうとする。

「それで、申し訳ないんだが、明日以降も遅くなりそうなんだ。……なるべく早くに帰ってこようとは思ってはいるんだが」

帰り支度をしようと立ち上がった恭介に、暁彦が言った。

「仕事、忙しそうですね。毎朝琢巳くんを園バスまで送るのも大変なんじゃないですか?」

「まあな。だが、これぐらいはなんとか。仕事も、今のプロジェクトの目処《めど》がつけば、少しは落ち着くだろうから」

なんとか頑張る、大丈夫だという言葉が虚勢に聞こえ、恭介は思い切って自分が考えていたことを提案してみることにした。

「あの、俺、……しばらくここに泊まりましょうか」

琢巳は手間が掛かる子ではないし、暁彦も時間を駆使し、懸命に世話を焼いている。家のことも、琢巳のことも、すべて妻に任せきりだったことを反省し、なるべく関わろうとしているのは、見ていて分かる。

だけど、やはり無理が重なっていくように見え、心配になるのだ。恭介もできる限り協力しているつもりだが、琢巳のお迎えから夜までという時間帯ではやれることに限度がある。一番大変なのは、やはり朝だと思うのだ。

「夕方のお迎えから、朝に琢巳くんを園バスに乗せるまでを俺が引き受ければ、暁彦さんは、朝は普通に出勤できるでしょう?」

「ああ、……いや、しかし」

「琢巳くんを送ったら、俺は一旦自分の家に帰れるし、その時間に就職活動をすればいい。それで、お迎えの時間に合わせてまたここへ来て、泊まっていくっていうのはどうですか?」

恭介の突然の申し出に、暁彦が面食らった顔をして、こちらを凝視している。

「朝遅くなった分、残業をするくらいなら、普通に行ったほうがいいと思ったんですけど。それに、たとえ遅くなっても俺がいれば、安心して仕事ができるかな、とか……」

勇気を振り絞って言ってみたが、暁彦の顔を見ているうちに、親切の押し売りだっただろうかと、だんだん自信がなくなってくる。

「俺はただ、ちょっとでも暁彦さんの負担が減ったらいいな、って思って。あ、そうだ。なんなら朝早くに来ましょうか。六時とか、それで暁彦さんは自分の支度をして、俺が琢巳くんをバス停まで送る……」

「いやいや、まさかそんなことは頼めないよ」

「……ですよね」

完全に失敗したと思い、恭介は俯いた。いくらなんでもこれは非常識な提案だ。

「今の話はなしで。すみません。でしゃばり過ぎました。ええと、じゃあ、また明日来ます。本当、無理だけはしないでくださいね」

手助けをしたいという気持ちが暴走して、相手の迷惑を考えない言動をしてしまった。手を貸したいなんて思うこと自体、傲慢《ごうまん》な考えだったと気が付いた。

「うちに寝泊まりするなんて、負担じゃないか？」

急いで帰り支度をする恭介に、暁彦が言った。

「俺は全然。でも、あの、いいです。変なことを言いました」

「いや。俺としては、……助かるんだが」

「え……？」

顔を上げると、暁彦が恭介を見ていた。相変わらずキリッとした切れ長の目が僅かに下がり、ほんのりと縁を赤くさせている。

「実を言うと、たったの三日で、だいぶ限界を感じていたんだ」

朝は戦争のように忙しく、仕事に遅れて行った分、職場での負担も大きく、また周りに迷惑を掛けていることに肩身が狭かったのだと、暁彦が白状するように言った。

「今朝も、何度も声を荒らげそうになってしまった。琢巳はただ、俺が弁当を作るのが珍しくて、嬉しかったんだろう。まとわりついてこられてな……」

琢巳は聞き分けの良い子だが、やはり四歳児で、どうしても大人の思うようにはいかず、イライラしてしまったと。

「たぶん、意地になっていたんだと思う。母親がいなくても、ちゃんとしてみせるという。……だが、たったの三日でこの有様だ」

情けないと、暁彦が弱音を吐く。

「君のように、ゆったりと余裕を持って琢巳に接してやれたらと思うが、上手くいかないな。恭介くんは本当に凄いよ」

「俺は……、今仕事をしていないから」

「いや、君はたとえ忙しくても、イライラすることなく、相手に対応できると思う。今までもそうだった」

ずっと見ていたと言って、暁彦が恭介を見つめる。真っ直ぐに注がれる視線とその言葉に、

心臓がドキリと跳ねた。

「俺は闇雲に頑張ろうとしてすべてに力を入れてしまう。だけど君は、抜くところは上手く抜いて、柔軟に受け止めるだろう？　だから、相手は君といて心地好さを感じるというか、安心するんだろうと思う」

暁彦の言葉は、暁彦が恭介といると心地好いと言ってくれているように聞こえ、どんな顔をしていいのか分からなくなる。耳が熱い。

「羨ましいよ。俺には君のような余裕がない」

「そんなことないですよ。暁彦さんはちゃんとやってるし、いいお父さんです。本当。琢巳くんだって、暁彦さんが大好きだし。今日もお弁当のこと、ずっと自慢してましたよ。タコさんに目が付いてた、はちまきしてたって、凄く喜んで」

恭介の言葉に、暁彦の表情が崩れる。嬉しそうな、それでいて泣きそうな顔をして恭介を見つめ、「そうか。自慢していたか」と言った。

恭介よりもずっと大人で、恭介から見れば完璧に近いような暁彦が、こうして自分に弱音を吐くのが、とても嬉しく、もっと頼ってもらいたい、なんて思った。

「それで、ここに寝泊まりして、朝も君に琢巳の面倒をみてもらうという件だが、……君さえよかったら、お願いしてもいいだろうか」

暁彦のほうからそう言ってもらえ、恭介は「もちろんです」と即答した。

「俺に負担が掛かるとか、そんな風に思わないでください」

役に立てるのが嬉しいのだと、本心からの言葉を伝え、暁彦も素直に「ありがとう」と言ってくれた。

話がまとまり、じゃあさっそく今夜から泊まってもらおうということで、以前使った和室に案内された。

「着替えなんかも持ってくるだろう？　タンスを買って、ここに置こうか」

「……あー、でも、いいです。そこまでしなくても。着替えっていっても、そんなにないし。一応毎日自分の部屋に帰るんですから」

「ああ、そうか。そうだな。だが、入り用な物はなんでも言ってくれ。遠慮はいらないから」

「はい」

「明日の朝起きたら、琢巳が驚くだろうな」

押し入れから布団を出しながら、暁彦が楽しそうな声で言った。いそいそしているような様子に、恭介もなんだかニヤけてしまい、下を向いて顔を隠した。

以前も借りた暁彦のパジャマを貸してもらい、それに着替える。パジャマに袖《そで》を通しながら、思い切って言ってよかったと思う。

明日は張り切って琢巳と暁彦を送りだそう。それから自宅へ戻り、あれこれと用意しなければならない。

下着や着替え、洗面用具なんかも揃えておかないと、などと考えながら、自分が浮かれていることに気付く。

友人や彼女が恭介のマンションを訪れた時は、無闇に私物を置いていかれるのが嫌で、自分が他人の部屋を訪れても、そういうことは極力しなかった。

それが、自分からここに寝泊まりしたいなどと言いだし、ウキウキと私物を持ち込もうと画策している。物の貸し借りにも抵抗のある自分が、合鍵を受け取り、暁彦から借りたパジャマになんの抵抗もなく袖を通しているのも、なんだか不思議だ。恭介用にタンスを買おうかなんて提案され、一瞬その気になった自分に驚いた。

「……今は緊急事態だからな」

これはイレギュラーなことで、仕方がないのだと自分に言い訳をして、恭介はパジャマのボタンを留めた。

寝支度を調えて和室を出ると、暁彦も着替えを終え、ダイニングにいた。

顔を上げた暁彦が、自分のパジャマを着ている恭介を見て、目を細める。サイズの大きいパジャマは袖も長く、恭介の手の甲まで隠れていた。なんとなくそれが恥ずかしくて、照れ隠しの笑みを浮かべながら、恭介はテーブルに近づいていった。

「恭介くん、これなんだが」

テーブルの上には封筒が置いてあり、なんだろうと思いながら、恭介はいつもの席に着いた。自分の決まった席があり、自然に座っていることにも面《おも》はゆさを感じながら、封筒を手に取る。

「申し込みをして、書類を送ってもらった。今週末、予約を取ったんだ。ここに三人で出向いて、検査をしてもらうことになる」

浮かれきって緩んでいた顔に、ピシャリと冷たい水を掛けられた気分になる。

Ａ４サイズの封筒に記されているのは、ＤＮＡ鑑定を請け負う業者の名前だった。


ビルの中にあるその施設は、真っ白な壁に、水色のロビーソファが並んでいて、病院の待合室のようだった。

恭介たち以外に客はなく、受付のカウンターにスーツを着た女性が座っていた。館内にはクラシックが静かに流れている。

少し待つと、受付に呼ばれ、暁彦と恭介の身分証明書を提示するように言われた。それから奥の部屋へと案内される。

番号が書かれたドアが並ぶ廊下で、また少し待たされる。先に暁彦と琢巳の名前が呼ばれ、一番の部屋に入っていった。ほどなくして恭介も呼ばれ、二番の部屋へと入った。

狭い部屋には白衣を着たスタッフが数人いて、背もたれのあるゆったりとした椅子に座らされた。機械も器具も何もない、テーブルと椅子だけの空間は殺風景で、壁の白さが迫ってくるようで、なんとなく息苦しい。

名前と生年月日、血液型など、事前に渡してあるプロフィールに間違いがないかという確認がなされ、それからDNAのサンプルを採取する作業に入る。

口内に綿棒を入れられ、頬の内側の粘膜を擦り取られた。綿棒を替え、また同じことをし、それらを別々の試験管に入れていく。言葉も交わさず、目が合ってもこちらを見ていないような瞳が不気味で、全然痛くもないのに眉が寄った。

機械的な作業を繰り返し、「はい、いいですよ」と言われ、サンプル採取が終わった。「ありがとう」も「お世話になりました」も、この場にはそぐわないような気がして、「どうも……」と小さく頭を下げ、恭介は部屋を出た。部屋に入ってから出るまで十五分と掛かっていなかった。

検査室から出ると、暁彦たちもすでにサンプルの採取を終え、受付のある待合室に戻っていた。

暁彦が検査結果の通知についての説明を聞いている間、恭介は琢巳と一緒にソファで待った。琢巳の手には赤いリボンを付けたハンドタオルのタクロウが、今日も握られている。

暁彦が戻ってきて、三人で施設をあとにした。所要時間は全部で四十分ほどしか掛かっておらず、随分簡単なんだなと、拍子抜けをする思いだった。痛いことも怖いこともなく、だけど身体の芯《しん》が重く、疲労感があった。たぶん緊張していたんだろうと思う。

琢巳も恭介と同じような気分のようで、暁彦に手を引かれて歩きながら、俯きがちだ。

「なんにも痛くなかったね」

恭介が声を掛けると、琢巳はゆっくりと顔を上げ、コックリと頷いた。

「結果は遅くとも二週間後には出るそうだ。分かり次第、自宅に郵送されることになっている」

二人の少し後ろを歩いている恭介に向かって暁彦が言った。重大な作業が一つ終わり、心なしか晴れ晴れしたような顔をしている。

「そうですか」

恭介のほうは逆に、恐ろしい。琢巳の父親が明らかになれば、すべてが急速に動き出すのだ。頭では分かっていたつもりだったが、こうして行動を起こしたことにより、俄に現実味を帯びてきた。これからどうなっていくのだろうと、震える思いだ。

「二週間後にはすべてが分かるな。もっと早いかもしれない」

暁彦の口調は、早く結果を知って、すっきりしたいと言っているようで、なんだか胸の内がモヤモヤする。

「……それにしても、随分簡単な検査なんですね。もっとこう、いろいろ調べられるのかと思っていました」

「ああ、あれで十分らしい。他の業者も調べたんだが、何処も検査方法は似たようなものだった」

「なんか、機械的っていうか、あまりにも淡々とした感じだったから」

「あんなものだろう。まあ、楽しい場所ではないがな。目的を考えたら仕方がない」

DNA鑑定を求めてくる人は、特異な事情を抱えてやってくるのが大半なのだからと暁彦が言った。それは尤《もっと》もな話で、現に恭介たちも深刻な事情を抱え、あの施設を訪れた。

「検査キットを送ってもらって、自宅で採取する方法もあったんだが、その場で管理してもらったほうが確実だからな。万が一にも手違いがあっては困る」

「それは、そうですけど……」

「結果次第で、これからのことが変わってくる。翔子からもなんの連絡もないし。だが、やれることはやっておかないといけないしな」

翔子がいなくなって一週間が経っている。電話も通じず、メールの返信もないことから、暁彦は結局翔子の実家に連絡をした。向こうにも翔子からの連絡はないらしい。

「これは第一にクリアーにしなければならないことだから」

淡々と事務的に、暁彦は最善の方法を考え、行動に移したのだろう。琢巳がどちらの子かというのは一番の問題で、それが分からなければ何も始まらないのだということを、恭介も理解している。

「でも、もうちょっと、やり方があったんじゃないかな……」

恭介の呟きに、暁彦がこちらを向いた。

「どんな？」

切れ長の目は自信に満ちていて、自分は間違っていないと信じている顔だ。

「……分かんないですけど」

他の方法は思いつかない。だいたい自分よりも頭の良い暁彦が言うのだから、間違いがないことは分かっている。だけどやはり釈然としないのだ。

「これが一番確実な鑑定方法なんだよ。業者も複数の中から信頼度の高いところを選んだつもりだ」

「そうじゃなくて。これしかやり方がないなら、せめてもうちょっと時間を掛けられなかったのかなって思って」

鑑定は必要なことだが、もっと時期を考え、琢巳にも納得できるように丁寧に説明をし、気持ちが落ち着くのを待ってあげる必要があったのではないかと思うのだ。

今日の検査の結果で琢巳の人生が大きく変わる。それをこんな形で、本人に具体的な説明をしないまま連れ出している。琢巳がどっちの子か分からないからそれを決定させるためという説明はとても難しく、だからといって蔑《ないがし》ろにしていいことではない。

一番大事なのは琢巳のこれからのことで、だからこそ、琢巳の気持ちを第一に考えてあげなければならないと思う。

「……しかし、最初に確認しなければならないことだ。避けては通れない」

暁彦も琢巳の様子を気には掛けているようだが、それでも先に進むためには仕方がないと考えているのだろう。

「結局は琢巳のためなんだから」

真摯《しんし》な声は一点の曇りもなく、暁彦はこれが正解だと信じている。

「……今日の出来事を、琢巳くんはずっと忘れない。きっと何度も思い出すと思いますよ」

恭介の言葉に暁彦が黙った。

結局暁彦は、琢巳の気持ちよりも、早く結果を知り、先に進もうという自分の考えを優先させたのだ。

「僕、平気だよ。こわくなかったよ」

琢巳が恭介を見上げて言った。

「お父さんが先にお手本を見せてくれたから、じょうずにできたよ」

そう言って笑おうとする顔は、僅かに強張《こわば》っていて、それでも笑顔を作ろうと、懸命に口の端を上げている。

「いたくなかったし、こわくなかった」

口論ともいえない二人の会話だが、琢巳は不穏な空気を感じ取り、仲裁しようとしているのだ。もしかしたらそれよりも先に、恭介の苛立ちと不安を察知したのかもしれない。

「琢巳くんは偉いなあ」

恭介を見上げている琢巳の頭に手を置き、柔らかい髪を撫でた。小さな身体で一生懸命気を遣う姿が痛々しくて、そんなことをしなくていいんだよと、抱きしめてやりたくなる。

「俺は、ちょっとだけ怖かった。お医者さん嫌いなんだ。注射も嫌い」

わざとおどけてそう言うと、琢巳が「僕も」と、顔を顰《しか》めた。自然な表情になったことにホッとして、「だよな」と、二人で頷き合う。

「お父さんは注射好き？」

琢巳と恭介が話している間、黙って隣を歩いていた暁彦に、琢巳が聞いた。

「注射は好きじゃないなあ、お父さんも」

「じゃあ、三人一緒だね」

琢巳の無邪気な声に暁彦が笑い、「そうだな、一緒だな」と言って、小さな諍いはお終《しま》いになった。

笑顔で歩いている琢巳を見つめながら、鑑定の結果、もしも琢巳が恭介の子どもと判明したら、その時は全力で愛そうと、恭介は決意した。

聞き分けの良過ぎる子は、悲しい。

無理やり笑顔を作るようなことなどさせないように、心から笑ってもらえるように、この子を全力で幸せにしてあげよう。

裕福な生活はさせてあげられないけど、一緒に料理を作ったり、弁当を持ってピクニックに出掛けたり、一緒に過ごす時間をたくさん作ってあげたい。笑って、時には叱り、逆に小言をもらう時もあるかもしれない。琢巳はとにかく利発で、人の気持ちを汲《く》み取るのが上手だから。

この一週間で琢巳の嗜好《しこう》はだいたい把握した。豪華な外食はできないが、部屋でお好み焼きなんかを作ったら絶対喜ぶ。幸い恭介は手先が器用だ。おもちゃだって工夫していろいろ作ってあげられる。

琢巳と二人で生活をする光景を想像するのだが、どういうわけか、そこに暁彦が参加していた。恭介のあの狭い１ＤＫのマンションで、三人でお好み焼きを焼いている。暁彦が生地を裏返すのに失敗し、恭介と琢巳がそれを見て笑い転げている光景が浮かんでくるのだ。

どっちが父親かを確定する検査の帰りなのに、現実と想像との矛盾に恭介は思わず笑い、だけど楽しそうだな、なんて思ってしまった。

暁彦は琢巳と手を繋いだまま、ゆっくりと隣を歩いている。

「もうすぐお昼ですね。ご飯どうします？」

「ああ、そうだな。何処かで食べて帰ろうか。琢巳、腹は減ったか？」

何を食べようかと相談しながら歩いている道の先に大きな看板を見つけ、琢巳が「あれはなに？」と、指をさした。

色彩豊かな写真が数枚合わさった看板には、『未来と科学の遊園地』という文字が書いてある。子ども向けのイベントの宣伝だった。

大きな光るボールで遊ぶ子どもたちや、映像の水の中で泳いでいるような姿など、普通の遊園地とは一風変わった遊び場のようだ。

「実験とアートを融合させたイベントのようだ。面白そうだな……」

看板の近くまで行き、内容を確認した暁彦が「行ってみるか」と言った。

振り返る暁彦の表情は子どものようなピカピカの笑顔で、切れ長の目が今まで見た事がないほど大きく見開かれている。そして返事を待たずに琢巳の手を引っ張り、暁彦は看板の示す方向へと、どんどん進んでいった。


体育館のような大きな建物の中に入ると、水の世界、植物の森、体内冒険ツアーなどのイベントがエリア別に開催されていた。まずは入り口に一番近い、水の世界から回ってみることにする。

薄暗いトンネルの通路を抜けると、ボコボコと、水の中で気泡が上がる音が聞こえてきて、真っ青な空間が広がった。濃淡の光が揺らめき、海の底にいるような光景だ。壁や床には、たくさんの魚の映像が映し出されていた。

海藻の陰から顔を出すクマノミや、岩に張り付いているヒトデにイソギンチャク、床の色と同化しているカレイなど、様々な種類の海の生物たちが見つけられた。

近づいて触ろうとするとサッと逃げ、しばらくするとまた寄ってくる。どういう仕掛けになっているのか分からないが、こちらに反応する動きがリアルだ。

泳いでいる魚を観察していると、本物の魚の映像の中に、明らかに人の手で描かれた絵の魚が混じっていた。

「あっちで絵が描けるみたいだ」

館内のあちこちに絵を描くスペースがあり、紙に描いた魚を機械で読み込み、泳がせられるようになっていた。

さっそく絵を描こうと三人で作業台に着いた。画用紙の上にクレヨンや色鉛筆で、思い思いの海の生物を描いていく。

琢巳はウインナーのようなタコを描いた。はちまきをしているのが可愛らしい。魚の種類に詳しくない恭介は、流線形の身体に三角の尻尾《しっぽ》で色は銀色という、典型的な魚になった。赤い線を入れて、少し派手にしてみたりする。

一番熱心に取り組んでいるのは暁彦だ。赤と茶と黒のクレヨンを使い、濃淡の付いた赤褐色のまだら模様を器用に描いている。飛び出した目とギザギザの背びれ、凹凸のある肌質など、もの凄くリアルで、上手だった。

「それなに？　深海魚？」

恭介が聞くと、暁彦が頭の部分を塗り込みながら「カサゴ」と答えた。

「ここにトゲがある。刺されると危ないが、食べると美味《うま》い」

説明をしながらせっせと手を動かしている。微細にまでこだわり、琢巳と恭介が絵を機械に読み込ませ、自分たちの描いた魚を泳がせている間にも、まだカサゴを描いていた。

琢巳は自分の描いたタコを捕まえようとし、恭介の描いたアジかイワシも「じょうず」と言ってくれた。虹色のクラゲやハートマークをつけた魚など、楽しい水の生物を見つけるたびに声を上げ、追い掛けっこをして遊ぶ。

やがて暁彦の力作も水中に放たれ、悠々と泳ぎ始める。

「お父さんの描いたお魚、すごーい。本物みたい」

琢巳が興奮した声を出し、両手を広げてカサゴを追い掛け回した。暁彦は満足そうにそんな琢巳を眺め、はちまきをしたタコを見つけ、笑顔を作っていた。

水の世界を抜け、体内冒険のエリアに移動する。大きく開いた口から舌の上に乗り、体内へと入っていく。

「ここは気管の入り口だな。ほら、線毛まで再現してある。芸が細かい」

「このおひげみたいなひも？」

「そう。このひげで、ばい菌やウイルスを外に追い出すんだよ。とっても大事なひげなんだ」

暁彦が琢巳を持ち上げ、ひよひよとそよいでいる線毛を触らせた。

人間の体内は、ピンク色の風船や足の沈むクッションなどで作られていて、時々急にうねるような動きを見せ、そのたびに悲鳴と笑い声があちこちで起こる。

咽頭から気管、肺へと進みながら、暁彦が丁寧に身体のしくみを教えていく。血液の流れや心臓の役割、くしゃみや咳が出る理由など、四歳の琢巳にも分かりやすく教えているうちに、他の子どもや親までもが聞き入り、暁彦の後ろをゾロゾロついてきた。

琢巳に説明しているつもりだったのが、気が付くと大勢に囲まれていた暁彦は、一瞬驚いた顔をし、それでも他の子の質問にも丁寧に答えていた。

「お父さんすごいねえ。先生みたい」

俄に人気者になった暁彦を見て、琢巳が自慢そうに言った。

途中館内で昼食を取り、それから次のイベント会場に向かう。

植物の森のエリアは、そこも映像と光、本物の木々や花が館内いっぱいに展示され、絵のような美しさだった。グラフィックアートという技術で、人が近づくと光の色が変化し、それに合わせて花の色も変わっていく。

CGの蝶《ちょう》が近づいてきて三人の周りを飛び回り、やがて一頭が恭介の頭の上に留まった。

「チョウチョだ」と、琢巳が腕を伸ばして蝶を捕まえようとする。恭介が頭を低くして蝶を差し出すと、ひらりと逃げていってしまった。

「あ、逃げちゃった」

ひらひらと飛んでいく蝶を追って、琢巳が走ろうとする。

「琢巳、走っちゃ駄目だよ」

窘《たしな》められた琢巳が暁彦と手を繋いだ。そして持っていたハンドタオルのタクロウを恭介に差し出し、「持って」と言った。

恭介がタクロウを受け取ると、琢巳が空いたほうの手で恭介の手を握ってくる。

「琢巳、あっちに大きな花があるぞ。行ってみようか」

暁彦に誘われた琢巳が「行く」と返事をし、それから恭介を見上げ、「行こ」と、恭介の手を引っ張った。

琢巳を真ん中に三人で手を繋ぎ、花の森を散歩した。

三人の行く先に光の道ができ、花々が出迎えるように色を変えていく。

頭上からは鳥の鳴き声が聞こえた。

「絵本の中みたい」

極彩色に彩られた景色を見て、琢巳が言った。「本当だね。綺麗だ」と恭介が答える。暁彦は無言のまま二人に笑顔を向け、頷いた。

さっきの蝶が戻ってきて、再び三人の周りを飛び回り、今度は暁彦の頭の上に留まった。

琢巳が「つかまえて」と恭介に頼んできた。

それを聞いた暁彦は身体を屈め、恭介の前に、蝶を乗せた頭を差し出した。


偶然見つけた「未来と科学の遊園地」は、思っていたよりもずっと大規模で、大人も夢中になるほど楽しい場所だった。

琢巳はＤＮＡ鑑定の施設に出向いたことなどすっかり忘れたようで、外で夕食を取る間も、マンションに戻ってきてからも興奮気味で、よく笑い、よく食べ、よくしゃべった。

本来なら土曜日の今日は、明日も暁彦の仕事が休みなので、恭介は自分の部屋に帰ることになっていたのだが、イベントの楽しさを引きずっている琢巳にせがまれ、一緒に帰ってきたのだ。

「今日は一日中外にいたから疲れただろう。すぐに風呂に入って、寝る準備をしよう」

暁彦が促し、恭介もそれがいいと、琢巳の着替えの用意をした。

「琢巳、今日は久し振りにお父さんと入ろうか」

平日は恭介に任せきりの暁彦が琢巳を誘っている。

「僕、三人で入りたい」

興奮を引きずったままの琢巳がそんなことを言い出し、「えっ」と二人同時に声を上げた。

「お父さんと恭介くんと僕と、みんなで一緒に入りたい」

無邪気な提案に、恭介は何故か動揺してしまい、暁彦も絶句したままだ。

「いや、でも、今日はお父さんと入ったら？　ほら、ずっと俺と入ってたし」

「三人で入りたいの。洗いっこしよう？　楽しいよ？」

にこにこと邪気のない笑顔のまま琢巳が主張し、暁彦が「琢巳……それは」と、困った顔をする。

「三人で入るには狭いだろう。琢巳、今日はお父さんと……」

「平気！　ギュッギュのギューッてしたら、入れるもん」

暁彦の提案はすぐさま却下され、恭介も懸命に暁彦の援護に回った。

「いやいや。無理だよ。それにほら、今日はうんと遊んで疲れたから、ゆっくり湯船に浸かったほうがいい。ギュッギュのギューッてやったら、ますます疲れるよ？」

そうだそうだ、お父さんと入ろう頼むからと、哀願にも近い暁彦の声に、琢巳がようやく頷いた。

ホッとして、気が変わらないうちにと、暁彦が急いで琢巳を浴室へと連れて行った。

「……まいったな」

浴室から聞こえる水音と、琢巳のはしゃいだ声を聞きながら、恭介は苦笑いを零《こぼ》した。

琢巳の突然の提案に、大人二人でオタオタしてしまった。改めて考えれば、そんなに慌てるようなことでもなかったのに、予想外の誘いに焦ってしまったのだ。

恭介も琢巳と一緒に風呂は何度も入っているから、浴室の広さも、湯船の大きさも知っている。高級マンションの風呂は確かに恭介の部屋よりもずっと広く、湯船も大きいが、やはり大の男が二人で入るにはきつい。恭介が琢巳を抱いて、その上で暁彦の膝の中に入るようでなければ無理だ。

「ギュッギュのギューで、洗いっこ……か。また次も三人で、なんて言われたら暁彦さん、どうするんだろう」

必死になって琢巳を説得していた光景を思い出し、つい笑ってしまう。琢巳にはお砂糖並みに甘い暁彦だ。何度も訴えられたら承諾してしまうかもしれない。「申し訳ないんだが」なんて言いながら、いつもの難しい顔をして恭介を誘ってくる姿がありありと想像できて、笑ってしまう。

湯船に重なって浸かっている自分の姿を思い浮かべ、あの人は身体が大きいから本当にギュウギュウだな、なんて考えている自分の顔が緩んでいることにハッとする。

「いやいやいや、無理だから。何想像してんだ、俺は」

暁彦の膝に自分がスッポリと入っている光景を、手を払って追い出す。何故かそこには琢巳の姿がなく、二人で湯船にいたのだから言い訳ができない。

「いや、言い訳する必要もないんだけど。ていうか、誰に言い訳？」

一人で慌てていると、浴室のほうから「上がるよー」という琢巳の声が聞こえてきた。いつも風呂上がりには恭介に身体を拭いてもらっている琢巳は、今日もやってもらうつもりらしく、暁彦の「琢巳、ほら、お父さんが拭いてあげるから」という声を無視して「恭介くん、拭いてー」と恭介を呼ぶ。

仕方がないのでバスタオルを持って琢巳を迎えに行く。浴室のドアが開き、素っ裸の琢巳が飛び込んできた。バスタオルで小さな身体を包み、わしゃわしゃと拭いている向こう側に、暁彦の脚が見える。

つい今し方頭の中で思い浮かべてしまったことが恥ずかしく、顔が上げられない。バレるはずもないのに、バレたらどうしようと恐怖した。

男同士だし、身体が見えたところで恥ずかしがることもない。意識するなと自分に言い聞かせ、視線を落としたまま琢巳の身体を拭き続けた。

「お父さんも恭介くんに拭いてもらおうよ。おいでー」

琢巳がまた無邪気な爆弾を落とし、「ちょ、いや、琢巳くん?」と、焦った声が出た。琢巳は「ほらあ、お父さん」と、暁彦の持っているバスタオルを引っ張り、恭介に渡そうとして、暁彦も慌てている。

「はい。これでお父さんを拭いたげて」

バスタオルの端っこを恭介に渡し、もう片方の端っこを暁彦が持っていた。二人でバスタオルを引っ張り合っているような形になる。顔を上げた先には暁彦が立っていた。目が合い、同時に離したバスタオルが床に落ちる。

「う、わ……っ」

「あ、おちた」

「………っ」

二人の間にいる琢巳がタオルを拾い、「はい」と、恭介に渡してきた。反射的にタオルを受け取るが、恭介はそのまま固まってしまった。

恭介の前にある大きな身体がおもむろに反転し、暁彦が浴室に戻っていく。

「お父さん、またお風呂に行くの？」

「ああ、お父さんはもう一回身体を温めてから出るから」

パタンとドアが閉められた。琢巳が「変なの」と言っている。

「ちゃんと十まで数えたよ？　なんでもっかい入る？」

暁彦の姿が消え、呪縛が解けた恭介は、握らされた暁彦のバスタオルをドア前のタオルハンガーに掛け、琢巳の身体を拭く作業に戻った。

「大人は身体が大きいから、十じゃ温まらなかったんだよ」

「ふうん」

琢巳が首を傾げ、恭介は笑いながら、琢巳の頭を拭いてやった。琢巳は目を瞑り、恭介に

頭をわしわしされている。

琢巳の柔らかい身体を拭いてやりながら、恭介の頭の中には暁彦の驚いた顔と、濡れた身体の残像が残っていた。

逞しい身体つきは筋肉質で、華奢《きゃしゃ》な恭介とは全然違った。浴室に戻っていく後ろ姿もしっかり見てしまった。大きな背中に太い腰、筋肉の動きまではっきりと目に焼き付いている。男らしい身体だった。

暁彦は驚いた顔をしていたが、あの時自分はどんな表情をしていただろうかと、それが心配になる。変な顔になっていなかっただろうか。

同性なのだから、裸を見たぐらいであたふたするのはおかしい。だけど顔が熱く、心臓が大きな音を立て、なかなか治まらない。

ドアの向こうからは、暁彦がシャワーを浴びている水音が聞こえていた。


風呂から上がった琢巳は、それからすぐにあくびを連発した。

子ども部屋に連れて行き、ベッドに入れた途端、琢巳が寝息を立て始める。一日中外へ出て、午後は目一杯遊んだから、流石に電池が切れたのだろう。

完全に寝入っているのを確認してから子ども部屋を出ると、風呂から上がった暁彦が、キッチンで珈琲を淹れているところだった。

恭介を見た暁彦は、照れたように笑い、「寝たのか」と言った。

「はい。風呂から出たら速攻で。ぐっすりですよ」

「そうか。随分とはしゃいでいたからな。……まいったな、お互いに」

風呂に入る前と後の騒動を指し、暁彦が苦笑している。

「楽しかったんですよ、きっと」

暁彦の平然とした声に、恭介もなるべく何でもないような声を出そうと努力した。気にするほうがおかしいのに、暁彦の顔が真っ直ぐに見られない。

「恭介くんも疲れただろう。今日は自分の部屋に帰る予定だったのにな。悪かった」

「え、いえ。大丈夫です。俺も、楽しかったし」

恭介のぎこちない返事に、暁彦が「そうか」と笑い、淹れたてのカップを二つ持ってやってきた。

作ってくれたのは以前と同じカフェラテで、それを持ったままベランダに誘われ、一緒に外へ出た。

テーブルに向かい合わせで座ることにならなくて、恭介はホッとした。外は暗いし、ベランダで外を眺めながらなら、こっちの顔も見られずに済む。

十八階にあるベランダは、角部屋なこともあり、眺望がひらけていて、晴れた日はかなり遠くまで見渡せ、夜の今は夜景が素晴らしい。遠くに見えるビル群と、その下に広がる街の灯《あか》りが、星空のようだ。

「湯冷めしませんか？」

高層に吹く風はひんやりと冷たく、手にしたカップの温かさが心地好いぐらいだ。風呂上がりの暁彦には寒過ぎないだろうかとそう聞くと、暁彦は平気だと言った。

「よくやっているからな。風呂上がりや夜中に、一人でここで珈琲を飲むんだ」

家族が寝静まったあと、夜景を眺めながら自分で淹れた珈琲を飲むのが、ささやかな楽しみなのだと言った。

「珈琲好きなんですね」

キッチンの棚には、多くの種類の珈琲が並んでいる。その日の気分で味を変え、暁彦はここで一人、珈琲タイムを楽しんでいるのだろう。

「ああ。豆にはこだわっている。学生の頃に嵌まってな、あちこち飲んで歩いた」

凝り性の暁彦は、自分の好みに合う珈琲を探して様々な場所を巡り歩いたそうだ。酸味の強さや味の違い、焙煎方法など、いろいろと研究を重ね、今もそれは続いていると言った。

「保管方法や気候でも味が変わるからな。個人経営のいわゆる『喫茶店』で淹れる珈琲は、店主のこだわりが如実に出る。面白いぞ」

海外から入ってきた珈琲だが、日本はそれを進化させ、独自の珈琲文化を創り上げた。缶コーヒーもドリップバッグも、日本人が発明したのだと、教えてくれた。

「注文を受けてから一杯ずつドリップする方式も、日本から海外へ広まったとされている」

「へえ、知らなかった」

「外国には『喫茶店』に該当する店が存在しないからな。向こうに行って、俺も驚いた。飲み方も国によってまったく違うんだ」

「いろいろな国を旅行して回ったんですか？　珈琲を飲みに？」

「ああ、もちろんそれだけが目的じゃないが。父が研究者だからね。祖父も似たような職業で、学会や講演会に手伝いとしてついていったり、家族旅行もあったな。向こうには親戚もいるから」

　暁彦の父は生物学を研究する大学教授で、母方の祖父は医者だと言った。幼い頃から父や祖父に連れられて、各国を回ったそうだ。他にも海外で事業を興《おこ》した親族もいるらしい。

　さらりと話される暁彦の生まれた環境は、恭介とはほど遠く、まるで御伽話《おとぎばなし》の世界のようだ。

「だから暁彦さんも研究職に就いたんですか」

「そうだな。影響はあるだろうが、一つのことを深く追究するのが好きなんだ。地道な作業は、俺の性分に合っていると思う」

　珈琲の話一つとっても、彼の凝り性な性格が分かる。今日、一緒に出掛けた遊園地でも、誰よりも熱心にカサゴの絵を描いていたことや、体内を冒険するツアーでも、周囲が感心するほどの博学振りを見せていた。

暁彦が今までどんな風に育ち、生活をしてきたのかが想像できる。

暁彦の珈琲談義を聞きながら、暁彦の淹れてくれた珈琲を飲む。スチームされたミルクは柔らかく溶け、エスプレッソの香りが口内に余韻を残し、とても美味しく、温かい。

「いい眺めですね」

隣に立つ暁彦から、遠くで点滅しているビルの赤色灯に、恭介は視線を移した。

「このベランダも凄く広くて、なんか血が騒ぐというか……」

「ああ、そうか。前はホームセンターに勤めていたんだっけ」

「はい。これだけの広さがあったら、いろいろ楽しめるなって。ちょっと勿体ないって思っちゃいました」

ライフアドバイザーとして、様々な客の暮らし作りのお手伝いをしていた身としては、この眺望と広さを持ちながら、活用していないのが惜しかった。暁彦も妻の翔子も、ベランダアクセサリーやガーデニングには興味がないらしい。

「君ならここに何を置く？　そうだな、椅子とテーブルぐらいはあったほうがいいか」

恭介の話に乗ってきた暁彦が、意見を聞いてきた。

「ゆったり珈琲タイムを楽しめるようなのがいいですよね。鋳鉄やオーク材は耐久性も良くておしゃれですが、ラタン素材がいいかもしれない」

台座の深い、ソファ型のチェアでくつろいでいる暁彦の姿を想像する。

「サイドテーブルぐらいの大きさなら邪魔《じゃま》にもならないし、けど、これだけ広いならいっそ、ちょっとした食事もできるようなセットにしても楽しいかも。ピクニック気分で」

「ああ、琢巳が喜びそうだな。他には？」

「そうですね。俺ならここにグリーンを置きたいな。遠くの緑を借景して、ほら、あの辺に公園があるでしょう？　昼になると、ここからちょうど公園が見えるから」

頭に浮かぶアイデアをどんどん口にする恭介の話を、暁彦が楽しそうに聞いている。

「グリーンか。いいかもしれない。どんなのがいいか」

「今の季節なら、いろいろ選べますよ。手間の掛からない植物もあるし、大きなプランターに一本木を植えて、その下に多年草を寄せ植え風にするのもいいかも」

「花の世話は琢巳にも手伝ってもらうか」

「きっと張り切って水やりをするでしょうね」

小さなじょうろで花に水をあげている琢巳の姿が目に浮かぶ。暁彦に似て凝り性な琢巳だから、嵌まったらいろいろな花を植えたいなんて言い出すかもしれない。枯らさないように育て方を恭介が教えてあげればいい……と、ここまで考えて、思考をストップさせた。

ベランダを改造する計画を練りながら、自然に自分が手助けをしようとしている考えに、そんなことはあり得ないことだったと気が付いたのだ。

晩彦と琢巳のここでの暮らしの風景に、当然のように自分を加え、夢を語っている。昼間と同じだ。恭介の部屋でお好み焼きを焼いている三人の姿を思い浮かべ、現実との矛盾に自分で呆《あき》れていたじゃないか。

琢巳が暁彦に似て凝り性だなどと考えたことだっておかしい。まだどちらの子どもか分からず、それを確かめるために、鑑定をしてくれる施設まで行ってきたのだ。

「恭介くん、どうした？」

急に黙ってしまった恭介を訝《いぶか》しみ、暁彦が顔を覗いてきた。切れ長の目には穏やかな皺が寄り、唇は僅かに笑んでいる。

「……あの、今日俺、暁彦さんに失礼なことを言って、すみませんでした」

唐突に謝られ、暁彦はなんのことだと目を丸くする。

「いや、そんなことは言われていない」

「DNA鑑定の施設から出た時に、凄く生意気なことを言いました。ごめんなさい」

「ああ。……いや、あれは俺のほうこそ短慮だった。君に琢巳のことをああ言われて、反省した。事実を知ることばかりに囚《とら》われて、琢巳にどう影響するかまでは考えが及ばなかった。本当に恥ずかしいよ」

暁彦のほうからも謝られ、恭介は「違うんです」と、首を振る。

「俺、八つ当たりしたんです。二週間後にどっちが父親か分かるんだって言われて、急に不安になって。その不安を、琢巳くんの心情にすり替えて、さも琢巳くんが可哀想みたいなことを言って、暁彦さんを責めました」

責任を取る、幸せにしてやりたいと、どんなに心で決意をしても、暁彦が琢巳に与えるのと同等なことは、恭介には到底できない。

それは、単に経済的なことばかりではなかった。

「俺、両親を早くに亡くして、特に父親は生まれてすぐくらいに死んじゃったから、『お父さん』っていうものが、よく分からないんです」

施設に預けられ、母はそれでもたまに会いにきてくれて、その時は親子としての時間を持つことができたが、それだってほんの僅かな期間だった。家族、家庭というものをほとんど知らずに今まで生きてきたのだ。恭介にとって家庭とは、テレビや本などの、外側から得た知識でしかない。

「普通の人が知ってて当然のことを、俺は知らない。何を知らないのかも分からないんです。だから、周りを観察して、一生懸命に真似《まね》して、普通に振る舞ってるだけで、中身が空っぽなんですよ」

暁彦には最初から、親としての包容力が備わっている。それは琢巳も同じだ。

父と母がいて、或いは兄弟も揃っている普通の家庭で育ってきた人たちが、自然に得て、育てるものを、恭介は持っていなかった。

「そんな俺が、琢巳くんのお父さんになんかなれるのかなって……」

血縁ができるのは嬉しい。だけど家族として持続させていけるだけの情や包容力といったものが、自分にはないのだ。

「恭介くん、そんなことはない」

自分の不完全さを打ち明け、俯いている恭介に、暁彦が優しい声で否定する。

「君は中身が空っぽなんかじゃないよ、決して」

暁彦の慰めに、感謝を示す笑みを浮かべると、「本当だ」と、暁彦が強い声を出した。

「前にも言っただろう。琢巳は恭介くんにとても懐いている。それは君が、琢巳のことを真正面から受け止めようとしてくれるからだと思う。君は立派に父親をやっている。むしろ俺より父親らしいくらいだ」

恭介が「まさか」と笑うと、「本気で言っているんだ」と、幾分怒った声を出された。

「君の琢巳への接し方を見ていて、自分がどれだけ適当なやり方をしていたのかということを痛感した。俺のほうが父親にふさわしくないと、……落ち込んだ」

「え……?」

沈んだ声は真剣で、冗談を言っているようには聞こえない。それに暁彦はこういうことで冗談を言う人ではないことは、よく知っている恭介だ。

「今まで俺は、本当に琢巳のことも、家のことも、妻に任せきりにしてきた。琢巳のことを何も知らずに、翔子が何を考えているのかということも、……蔑ろにしてきた」

その結果が今のこの状況を招いたと、暁彦が静かな声で言う。

「君は家庭を知らないと言ったが、俺は家庭を守ろうともしなかった。お腹に子どもがいると告げられ、気持ちの準備もないまま家庭を持った」

なし崩し的な結婚で、覚悟も何もないまま父親になってしまったと暁彦は言った。それは翔子も同じだっただろうが、そこでゴールしたような気分になり、そこから愛情を育て、持続させる努力を怠ったと。

「俺がこんな風だから、翔子も愛想を尽かして出て行ったんだろう。俺は、家庭を持つべきではなかった。……後悔している」

低く、重く、暁彦が心の奥底に沈めていた気持ちを吐露する。

「いや。こんなことを言ってはいけないな。琢巳の存在まで否定することになる」

顔を上げた暁彦が、「忘れてくれ」と言った。

「自分の今までのことを振り返って、改めて琢巳と翔子とのことを考えるようになった。君の影響だよ。恭介くんはちゃんと、親になる資格を持っている」

暁彦が笑顔を作り、「俺なんかよりずっと」と、言った。

恭介が琢巳に暁彦のようにしてやれないと不安に思っている隣で、暁彦は恭介のほうが父親にふさわしいと悩んでいた。

自分に欠けているものを相手の中に見つけ、お互いがお互いを羨んでいたのだ。

「なんか……不思議」

恭介の呟きに、暁彦が「何がだ？」と、顔を覗いてきた。

「いえ。なんか、暁彦さんもそういうことで悩むんだなって思って」

笑顔で言うと、暁彦も「当たり前だろう」と笑顔になる。

生まれも育った環境も、現在の生活も、何もかもがまるで違う二人なのに、同じことで悩み、同じことを大切に思い、お互いを羨んでいる。

正反対の二人なのに、なんだか似ている。

欠けている者同士、補い合えたら上手くいくのに、などと性懲《しょうこ》りもなくそんな考えが浮かんできて、恭介は苦笑と共に、打ち消した。


幼稚園バスが到着し、琢巳《たくみ》が元気よく降りてきた。飛び込んでくる琢巳を、恭介《きょうすけ》は「おかえり」と笑顔で受け止める。

顔を見るなり、幼稚園での出来事を報告する琢巳の話を聞きながら、二人で手を繋《つな》いで帰り道を歩く。

「そうか。琢巳くんのお気に入りのお話を読んでもらったのか。よかったな」

「うん。あおむしさんのお話、大好き。おうち帰ったら読んで」

「分かった」

今日は恒例の読み聞かせの日で、琢巳はお気に入りの本を幼稚園から貸してもらえたらしい。帰ったらそれを読んでやる約束をし、夕飯の相談をしながら歩いていると、途中にある児童公園から子どもたちの遊ぶ声が聞こえてきて、琢巳も遊びたいと言いだした。

今日は天気がよく、夕方までまだ間がある。「じゃあ、少しだけ」と約束して、二人で公園へ入っていった。

公園の中にはブランコや滑り台などの遊具があり、まだ早い時間ということもあって、遊んでいるのは琢巳と同じぐらいか、それよりも小さい子どもばかりだった。

園バッグと上着を受け取って、琢巳を遊ばせる。ブランコの順番を一緒に待ち、漕《こ》いでいる琢巳の背中を押してやった。滑り台やうんてい、ロープウエイなど、公園には遊具が多く、琢巳はめまぐるしく動き回る。

近所の顔見知りなのか、幼稚園の制服を着ていない男の子が琢巳をシーソーに誘い、二人で走って行く。恭介は公園の隅にあるベンチに腰掛け、お友だちと一緒に遊んでいる琢巳を見守った。琢巳は園バッグからハンドタオルのタクロウをちゃっかり取り出していて、それを半ズボンのポケットに入れていた。

大きく膨らんだポケットのまま、ぎったんばっこんと、元気にシーソーを漕いでいる琢巳を眺め、最初の頃より随分子どもらしく、やんちゃになったなあ、なんて感慨深く思った。

初めて恭介の部屋に訪れた時は、言葉を呑《の》み、言いたいことを口に出すのに半日以上も掛けていた。遠慮げで、泣きたいのを我慢し、ずっと耐えるようにして佇《たたず》んでいた。

それが今は、幼稚園での出来事を楽しそうに語り、してほしいことを素直にねだるようになった。目の前で元気に走り回っている琢巳が、本来の彼なのだろう。

恭介が琢巳と暁彦《あきひこ》の家に通うようになって、十日が経《た》っている。

翔子《しょうこ》は相変わらず帰ってこず、連絡もない。実家にも何もないそうだ。

翔子の親からは暁彦のところへ頻繁に連絡が来ているらしい。そのたびに、どうしてこんなことになった、お前は何をしていたのだと、夫としての責任を問われているようだ。

いつかの夜、自分は家庭を持つべきではなかったと告白した暁彦の声を思い出す。自分の怠惰が招いた結果で、翔子が愛想を尽かすのも仕方がないとも言っていた。

翔子が戻ってきたらどうするのだろう。家庭を蔑《ないがし》ろにしたことを悔やんでいた暁彦だ。翔子が戻り、心の底から謝って、その上で琢巳が暁彦の子だと確定すれば、元のサヤに収まることもあるかもしれないと思った。

琢巳のためには両親が揃《そろ》っていたほうが絶対にいい。

暁彦も初めて恭介と対面した時には、離婚もやむなしと言っていたが、気持ちに変化があるかもしれない。翔子のことを考えてやれなかったと、あの夜暁彦は言った。我が儘《わがまま》で、人としてはどうかと思うような翔子だが、元々育ちがいいのだ。ちゃんと反省して暁彦からの愛情をもらったら、変わるのかもしれない。堅物だ朴念仁《ぼくねんじん》だと翔子は暁彦のことを愚痴《ぐち》っていたが、あの率直な優しさを理解したら、彼がどれだけ魅力的な男かを再確認するだろう。

「俺なんかとは全然違うもんな……」

美男美女の二人が並ぶ姿を思い浮かべ、恭介は溜息《ためいき》を吐《つ》いた。ビジュアルという点では、恭介にも多少見劣りしないと思える部分もあるのだが、育ってきた背景や、なにより人としてのレベルが違う。翔子は性格はアレだが一応お嬢様だ。暁彦の隣に並ぶのは、やはり同じステージに立てるような人でなければならない。恭介では到底無理だ。

「……って、なんで俺が暁彦さんの隣に並ぶことを考えてるんだよ」

目の前で走り回る子どもたちを見るともなく目で追いながら、ぼんやりと考え事をしている恭介の耳に、「やだ！　貸さない！」という琢巳の叫び声が飛び込んできた。

ハッとして声のするほうへ目をやると、琢巳は砂場で、二歳ぐらいの年齢の子を相手に諍《いさか》いを起こしているところだった。

小さな子の手には琢巳のハンドタオルのタクロウが握られていて、琢巳がそれを引っ張り返している。琢巳が「離して」と怒った声を出すが、小さな子は手を離さず、素早い動作でタクロウを奪い取り、そのまま蹲《うずくま》ってしまった。

「返して！　それ、僕の！」

タクロウを隠すようにして丸まっている小さな子の背中を叩《たた》き、琢巳が取り返そうとする。

「ぼく、ごめんね。でも叩かないでくれる？」

小さい子の母親らしい女性が琢巳に言い、自分の子にも「おにいちゃんに返そうね」と説得していた。

恭介は砂場に走って行き、小さい子を尚《なお》も叩こうとする琢巳を宥《なだ》め、琢巳の代わりに「大丈夫？　ごめんね」とその子に謝った。

「でもそれ、この子の大事なクマさんなんだ。返そうね。お願い」

恭介も琢巳と一緒にお願いし、母親も「はいどうぞってしようね」と、タクロウを奪った子に言い聞かせるが、その子はいやいやと首を振り、渡そうとしない。

「ぼく、ちょっとだけ貸してくれる？　この子、クマさん見たいんだって」

母親が根負けし、今度は琢巳にそう言った。「しばらく遊んだら気が済むから」と、恭介のほうにも助けを求めるように困った顔を向けてきた。

「やだっ！　僕のタクロウ返して。返して！」

琢巳が泣きそうな声で「返して」と繰り返すが、子どもは意固地《いこじ》になってますますクマを握りしめ、次には自分の口に持っていった。

タクロウの耳の部分を口の中に入れられた琢巳が「ああ！」と絶望的な声を上げ、恭介もこれは琢巳が可哀想《かわいそう》だと、懸命に言葉を掛ける。

「お口に持ってっちゃ駄目だよ。ほら、ないないしようね。大事なクマさんなんだ。返してもらえる？」

手を差し出すが、小さい子はやはりいやいやと首を振り、今度は首に巻かれたリボンを解《ほど》こうと引っ張りながら振り回し始める。

乱暴に引っ張られた拍子に留めてあった輪ゴムが飛び、タオルが解けた。

「ちょっ、こら！　駄目！」

思わず出した恭介の大声に、子どもがびっくりして手を離した。クマの形を失ったハンドタオルが砂場に落ちる。そこには泥水を溜《た》めた川が作られていて、投げ込まれたタオルは水を吸い、みるみる真っ黒に染まっていった。

「やだぁ！　何すんの！」

琢巳が子どもを突き飛ばした。尻餅《しりもち》をついた小さい子が泣き声を上げ、琢巳は真っ赤な顔をしてその子を睨《にら》み、それから大きな声で泣き出した。

その日の夜。琢巳が泣き腫《は》らした顔をしてダイニングのテーブルに座っていた。琢巳の隣では、難しい顔をした暁彦が腕組みをしている。

テーブルの上にはクリーム色と黒のまだら模様をしたタクロウの残骸が載っていた。

マンションに戻り、洗面所で丹念に手洗いをしたが、泥染みが残ってしまった。首に巻いていたリボンも端がほつれ、これも色が変わっている。

「琢巳よりも小さい子だったんだろう？　それだったら仕方がない」

暁彦が諦《あきら》めなさいと琢巳を宥め、琢巳は頷《うなず》きも首を横に振るでもなく、じっとしたままタオルを見つめていた。

「クマは残念だが、突き飛ばしたのは琢巳がいけない。それにしても、恭介くんまで一緒になって喧嘩《けんか》をしたというのは……どうしたんだ？」

子どもを突き飛ばされて泣かされた母親は、怒鳴《どな》りつけた恭介に不快感を示し、恭介のほうも勝手にポケットからクマを抜き取り、壊した上に汚してしまったことに文句を言ってしまったのだ。

「……すみません。でも、タクロウが乱暴に扱われて、琢巳くんが可哀想で」

突き飛ばされて大泣きをしている子どもを放置して、恭介は水場に走っていってタオルを洗った。恭介のその対応に、母親が怒ってしまったのだ。

「それに、なんか、たかがタオルで、みたいなことを言うから、違うでしょうってなって」

小さい子の親は、そこまで大騒ぎするようなことかと言い、そんなにいうなら弁償すればいいんでしょうという態度で、恭介はそういうことじゃないと反論した。

公園では普段から顔見知りの人たちが集まっていたようで、恭介が若い男だったのも、彼女らに不審を抱《いだ》かせることになったのだろう。みんな突き飛ばされた子の味方をし、険悪な雰囲気になってしまった。

結局、尻餅をついたその子に怪我《けが》はなく、こっちもタオルの弁償をもちろん断り、お互いに一応謝って終わったのだが、琢巳は泣き止《や》まず、恭介も腹立ちが収まらないまま解散した。

泣いている琢巳を連れて公園を出る恭介の背中に、あれぐらいのことで騒ぐなんてと、わざとのような声が届いた。しばらくあの公園には行けそうにない。

仕事から帰ってきた暁彦は、琢巳の顔を見て、すぐに何があったのかと恭介に聞いてきた。

「大事なクマがこうなってしまったのは、琢巳も悲しいだろうが、そんな大事なものを持ち歩いたのも、いけなかったんじゃないか？」

公園での出来事を聞いた暁彦は、クマのことに同情しながら、優しい声で琢巳を諭した。

「幼稚園に毎日持っていってたのを注意しなかったのは、お父さんも悪かった。元はハンドタオルだが、人形だものな。おもちゃだ。外でおもちゃを見せびらかすようにしたら、小さい子はやっぱり欲しがるだろう？」

「見せびらかすなんてしてませんよ。ポケットに入れていたのを、あの子が勝手に取ったんです」

琢巳を庇《かば》う恭介に、暁彦は「同じことだ」と言って、再び琢巳に言い聞かせる。

「大事なものだったら、尚更外に持って行ったらいけなかったな。それに、貸してと言われて嫌だと言ったのは、ちょっといじわるだった。琢巳のほうがお兄ちゃんだったんだから。叩いたり、突き飛ばしたりするのも、もちろんいけない。琢巳、分かるだろう？」

今度はちゃんと貸してあげるんだぞと、琢巳の頭に手を置いた。

その途端、琢巳の目からポロポロと新しい涙が零《こぼ》れ落ちる。

「タクロウいなくなっちゃった……」

「そうだな。仕方がない。そうだ、今度新しいクマさんを買いに行こうか」

大粒の涙を落とす琢巳の頭を撫《な》で、暁彦が機嫌を取るように言った。

「次の休みの日に、恭介くんのクマを買った店に行こう。どうだ？」

暁彦の取りなしにも、琢巳は頑《かたく》なに顔を俯《うつむ》け、涙を流し続ける。

深い悲しみに沈んだままの琢巳を持て余し、暁彦が困った顔をして恭介のほうを見た。

「恭介くん、悪いんだが、別のタオルで、これと同じものを作ってくれないか？」

「それは……」

「取りあえずでいい。ハンドタオルがあれば作れるんだろう？　お願いする。……琢巳、恭介くんに同じものを作ってもらおう。ほら、だからもう泣くのを止めなさい。な？」

優しい声で琢巳を慰めている暁彦を見つめながら、ああ、この人は何も分かっていない、公園にいたあの母親たちと一緒だと思った。

「……同じものなんか作れませんよ。タクロウはこれでしか作れません。取りあえずのクマなんか作ったたって、琢巳くんは嬉《うれ》しくないと思います」

恭介の言葉に、暁彦がこちらに顔を向けた。手は琢巳の頭に置いたまま、固まったように恭介の顔を凝視している。

「琢巳くんのタクロウは、琢巳くんの思い出の入った宝箱で、大事な友だちだ。替えの利《き》くものじゃないし、人に貸したりなんかできないですよ」

暁彦もタクロウを所詮《しょせん》タオルで作った人形だと思っている。だから簡単に次は人に貸してやれだとか、取りあえず新しいのを作ってくれだとか、いなくなっても仕方がないと、平気で言うのだ。

「暁彦さんの言ったことは正しいです。正しいけど……」

今、琢巳が欲しいのはそんな言葉じゃない。こうしたらよかったとか、あれはいけなかったとか、分別ぶった言葉で諭されたって、なんの慰めにもならないのに。

だって、タクロウを外に連れ出したことを一番後悔しているのは、琢巳自身なのだから。

大切な宝物をなくし、琢巳はただただ悲しいのだ。

琢巳の悲しみに寄り添い、一緒に悲しんであげることが、どうしてできないんだろう。

「悲しくて、悲しくて、涙が出るのに、泣き止んでなんて、言わないであげて……」

暁彦の視線が琢巳に移る。頭に置いていた掌《てのひら》を滑らせ、そのまま小さな身体《からだ》を抱っこした。お父さんの膝《ひざ》に乗せられた琢巳は、大きな胸に縋《すが》り付き、おんおんと声を張り上げ、泣き続けた。

お通夜のような夕飯を三人で済ませ、風呂は恭介が入れた。寝かしつけのために子ども部屋に一緒に行き、ベッドの脇《わき》に腰を下ろし、約束していた絵本を読んであげた。

「恭介くん……お父さんをおこんないであげて」

絵本を読み終わり、じゃあ、おやすみと布団を掛け直す恭介に、琢巳が言った。

「お父さんははんせいしているので、もうおこってないよって、言ってあげて」

枕に頭を乗せたまま見上げてくる琢巳の目は、まだ少し腫れていた。そんな目をしたまま、にっこりと笑い、お父さんを許してあげてと言う。

「怒ってないよ。けど……うん。分かった」

あのあと、泣きじゃくる琢巳を抱きながら、暁彦は琢巳に謝っていた。分かってやれなくて悪かった。そうだな、悲しいよなと言って、ずっと頭を撫でていた。

自分の失敗に気付き、すぐさま謝ることのできる暁彦は、やはり素敵な父親だ。恭介も言い過ぎたことを後悔したが、その後の態度がギクシャクしてしまった。琢巳はそ

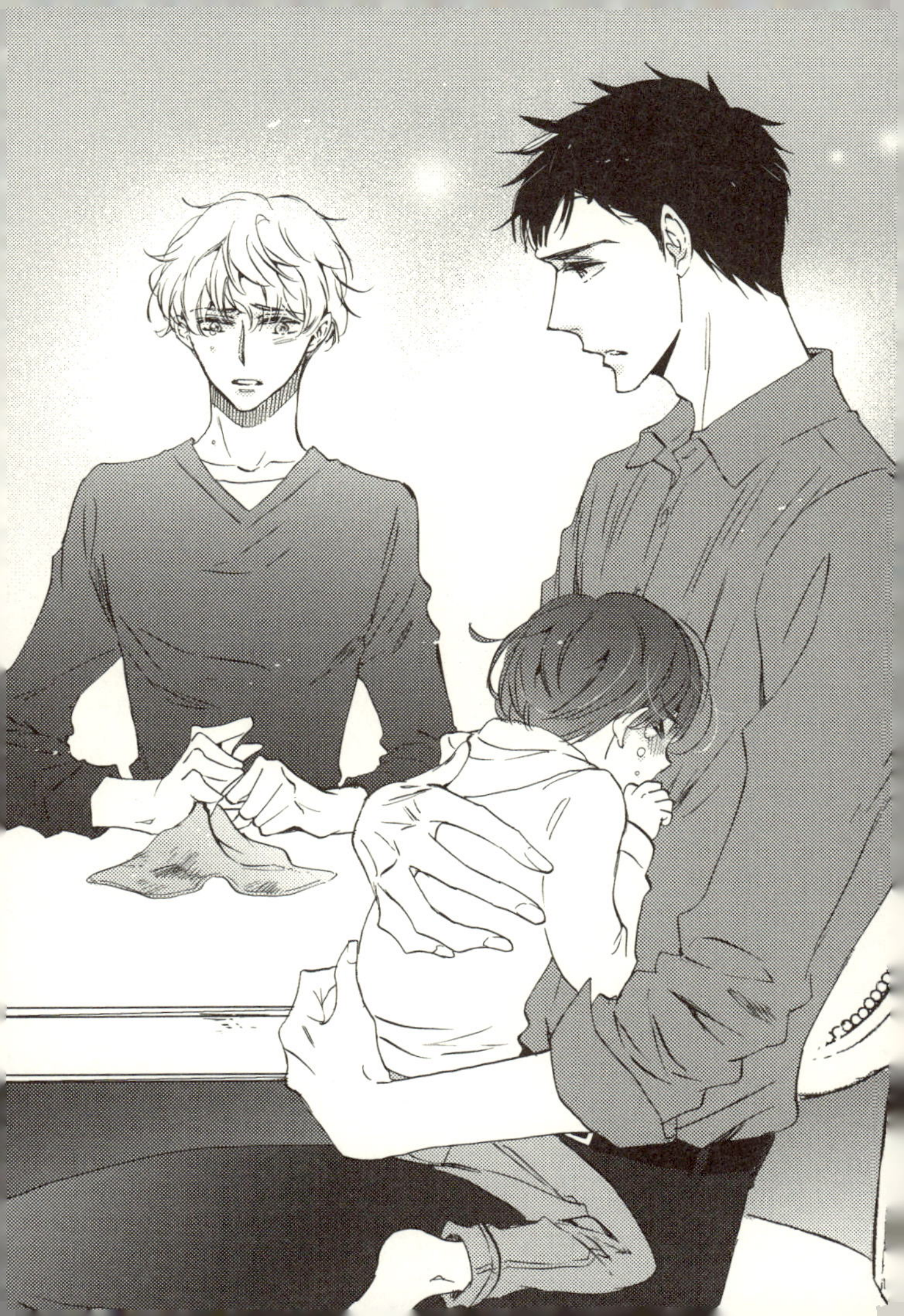

んな二人の間で気を遣い、ぎこちない笑顔を作ったりして、いたたまれない雰囲気の夕食だったのだ。

「お父さん、しょんぼりしてたから、なでなでしてあげてね」

仲直りして、慰めてやれという琢巳の助言に、「分かった」と約束して、目を閉じるように促す。

しばらくして琢巳が寝入ったのを確認し、恭介はそっと子ども部屋を出た。

タクロウを壊されて一番傷ついているのは琢巳なのに、暁彦を心配し、恭介に怒らないであげてと頼むのがいじらしい。なんて優しい子なんだろうと思う。

明日はすっかり仲直りした二人の姿を見せてあげたいと思い、だけど仲直りできるだろうかと不安も抱きながら、恭介がダイニングに戻ると、暁彦はテーブルに着いたまま、一生懸命に手を動かしていた。

暁彦が手にしているのは、タクロウだったハンドタオルだ。まだら模様の小さな布を、畳んだり丸めたりしながら、タクロウを蘇《よみがえ》らせようとしていた。

「作ってみようとしたんだが、無理だった……」

暁彦が情けない顔をして、恭介を見上げてくる。

現物がないため、完成品だった時の形を思い浮かべながらやってみたが、まるで駄目だと言って、暁彦が溜息を吐いた。

「恭介くん。作り方を教えてくれないか……?」

伺いを立てるような声はとても小さく、本当に申し訳なさそうだ。しおらしい暁彦の態度が可愛《かわい》らしく、恭介は思わず笑顔になった。

「もちろん、教えますよ。そんなに難しくないです」

早速もう一枚ハンドタオルを取り出して、暁彦の隣に並んでクマの作り方を教える。恭介の手の動きを真似《まね》て、暁彦が丁寧《ていねい》にタオルを折っていった。

「……君には未熟な姿を見せてばかりだ」

大きな手で小さなタオルを扱いながら、暁彦が自分の不甲斐《ふがい》なさを零した。

「そんなことないです。俺のほうこそきついこと言ってすみませんでした」

「いや、きついことなんかじゃないよ。真実だ。君にああ言われて、頭をガン、と殴られたような気分だった」

「え、すみません……」

それほど辛辣《しんらつ》なことを言ってしまったのかと、恭介が謝ると、暁彦が「いや、謝ることじゃない」と慌てて言った。

「感謝しているよ。俺はなんでも理詰めで考え、解決を急いでしまう。そうだよな、無理に気持ちを収めることなんてしなくてよかったんだ」

トラブルを起こしたというその出来事だけに囚《とら》われ、何故《なぜ》そうなったのか、どうしたらよかったのか、次にはどうすればいいかと、原因とその解決方法に目が行ってしまった。それよりももっと先に気遣わなければいけないことがあったのにと、暁彦が苦く、重い声を出す。

「本当、恥ずかしいよ」

「いえ、俺のほうこそ琢巳くんを預かる身として、自分からわざわざ揉《も》め事を大きくしてしまって、反省しています。タクロウのことも、俺が声を掛けて、先に預かっておけばよかったんだ。すみませんでした」

「そんなことはない。俺がその場にいたら、お前が悪いと決めつけて、琢巳をもっと傷つけていた」

「暁彦さんならスマートにあの場を切り抜けてましたよ、きっと」

「無理だ。俺には君のような対人スキルはないから」

「そんなことないですよ。こないだだって、大勢の人を引率していたじゃないですか」

「あれはただ聞かれたことに答えただけだ。人付き合いとは関係ない」

「同じですって」

お互いにお互いの意見を否定し合い、終《しま》いには二人で顔を見合わせ、吹き出してしまった。

「なんか、このパターン多いですね」

「確かに」

心配していた気まずい空気はあっけなく払拭《ふっしょく》され、お互いにホッとしているのが分かった。

「琢巳くんにね、『お父さんを怒らないであげて』ってお願いされました」

さっきの琢巳との会話を教えると、暁彦も「そうか。あいつめ」と笑顔になる。

「そんなに怒ったつもりはなかったんですけど。琢巳くんに気を遣われるほど」

「いや、怒ってたな。怖かった。恭介くんは怒ると凄《すご》く怖いんだなと思った」

明るい声でそんなことを言われ、「またそんな」と暁彦を睨んでやったら、暁彦が朗らかな笑い声を上げた。

「だけど、正直少し驚いた」

笑いを収めた暁彦が、口元に笑みを残したままそう言った。

「トラブルなんて起こしそうにないのにと思って。ほら、君は誰とでもすぐに打ち解けるだろう？　それが、子どものお母さんたちに喰《く》って掛かったって聞いて。君ならもっと上手《うま》く切り抜けただろうにと思った。いや、責めているわけじゃないが」

そう言って、心底不思議そうな目をして恭介を見つめてきた。

「だから、前にも言ったでしょう。小狡《こずる》くて、自分の本性を隠しているんだって。俺は暁彦さんが思ってるほど柔軟な人間じゃないです」

「そんな風には思わない」

話しているうちに、ハンドタオルのクマが出来上がった。「なかなか上手くできた」と、暁彦が満足そうに笑い、恭介が見本用に作ったものと一緒にテーブルに並べている。

「染みもあまり目立たないな。小さいから」

「ええ。乾いたら薄くなったみたいです。よかった」

「公園で、酷《ひど》いことを言われたのか?」

暁彦が恭介の目を覗《のぞ》いてきた。恭介が諍いを起こしたことがどうしても不思議で、他に何かあったのではないかと心配しているらしい。

「いえ。何も。さっき話した通りです」

「そうか……」

まだ納得できないという顔をしながら、暁彦が二つのクマを手に取った。

「枕元に置いてきてあげようかな」

恭介のほうを見て、どうだろうと尋ねるような顔をしたから、恭介は「きっと喜びますよ」と笑顔で賛成した。


暁彦が琢巳の部屋にクマを届けに行っている間、恭介はリビングのソファで待っていた。戻ってきた暁彦は、自分があげた大きなクマを抱いている恭介を見て、笑顔になる。

「琢巳くん、起きませんでした?」

「ああ。枕元に二つ並べて置いておいた。喜んでくれたらいいが」

「絶対喜びますって。友だちも増えてるし」

恭介の太鼓判に、暁彦は「そうだな」と頷き、恭介の隣にやってきた。

二人並んでソファに座る。

「……俺、物に対する執着心がもの凄く強いんです」

クマを抱いたまま話し始めた恭介を、暁彦が見つめた。

「だから公園で、タクロウをあんな風にされて、思わず怒鳴っちゃって。お母さんたちとも喧嘩になっちゃいました」

さっき暁彦が抱いた疑問——恭介が公園で激昂《げっこう》し、トラブルを起こした理由。誰にも酷いことなんか言われていない。あれは、恭介自身が持つ譲れない一線を、あの子が越えてしまったからだった。

「施設って、個人の持ち物がほとんどないんですよ。部屋も大部屋にみんなでベッドを並べて、服も教科書も、ゲームソフトにまで、全部施設の名前が書いてあった」

たまに面会に来る親からもらった物まですべて共通の持ち物になる。おもちゃはもちろん、クリスマスや誕生日でもらい、大事に着ていた服もお下がりにされ、思い出として残すこともできない。

「物がなくて不自由するなんてことはなかったけど、何もかもが共有で、自分のお気に入りっていうのが持てなかった」

一つのおもちゃで繰り返し遊べば、他の子にめざとく見つかって取り上げられ、喧嘩になるのもしょっちゅうだった。誰かが自分だけの特別を作るのは許さない。みんなの物は、みんなの物だから。

大きい子は小さい子に優しくしなさい、譲ってあげなさいと教えられる。

「職員の人に『貸してあげなさい』って言われたら、絶対に貸さなきゃいけない。それが嫌でした」

だから恭介は、その言葉が大嫌いなのだ。

「琢巳くんがタクロウを取られた時、それは琢巳くんのだろうって、必死になっちゃったんです。大人げないけど、絶対渡すもんかって。俺、そういう卑しいところがあるから」

「恭介くん、それは、卑しいということじゃない」

「いえ。卑しいんです。自分の物は自分の物って、囲って死守するし」

異常に執着心が強く、人と物を共有したくない。人当たりが良いのも、警戒心が強い故《ゆえ》で、逆に誰とも打ち解けられないのだ。

心の貧しい自分が恥ずかしい。

「恭介くん、何度も言うが、君はとても思いやりのある、豊かな人間だと俺は思う」

「違いますって。やな奴です。何度も言いますが」

「いいや、違う。君はいい奴だ」

「自分のことは自分が一番知っています」

「これに関して言えば、俺のほうが知っている。君のほうが分かっていないな」

「そんなことないですって」

「本当だ」

自分がそうだと言っているのに、暁彦は違うと言って引き下がらない。

「もう、暁彦さんは頑なだなあ」

恭介が呆《あき》れてそう言うと、暁彦も「君のほうこそ」と言う。

「本当、懲《こ》りない」

「それも君のほうだ」

恭介が睨んだら、暁彦も睨み返してくる。お互いに睨み合い、それから同時に笑った。

「参ったな……」

「参ったか。じゃあ、認めたんだな」

「いえ」

「なんだ。認めなさい」

笑いながらの応酬が延々と続くのが可笑《おか》しく、心地好《い》い。

自分の欠点をこんな風に人に話したのは初めてだった。執着の激しいこの性格はコンプレックスで、ずっとそれを隠して生きてきたのだ。

それなのに、会って十日しか経っていない暁彦に、こうして打ち明けている。

たぶん自分は話してしまいたかったのだ。

暁彦ならそれを知っても、変わらないような気がした。そんなことはないと、否定してくれるのを期待したのだと思う。

そんな甘えた考えを抱いている自分に呆れ、そして期待通りの言葉をもらえたことが嬉しかった。

「なんでなんだろう……？」

最初からそうだった。

暁彦といると、今までの恭介とは違う自分が出てくるのが不思議だ。

琢巳を連れてやってきた初日に、自分から琢巳の面倒をみたいなどと提案し、その四日後には住み着いている。テリトリーの異常に狭い自分が、どういうわけか暁彦のマンションでこうして寛《くつろ》いでいるのだ。

この家は居心地がいい。このソファも、膝《ひざ》に抱いているクマも、隣にいる暁彦も。

些細《ささい》な言葉の応酬を楽しみながら、自分の嫌な部分を否定してもらいたいと思うこれは、完全な甘えだ。

「何がなんでなんだろうなんだ？」

恭介の呟《つぶや》きに、暁彦が顔を覗いてきた。

「いえ、なんでも」

クマを抱きしめ、ふわふわの毛に顔を隠すようにして埋《うず》めると、暁彦が「言ってみろ」と尚も覗いてくる。

「本当になんでもないです」

あなたといると甘えたくなるなんて、恥ずかしくて言えない。それなのに、わざと思わせぶりに言葉を濁し、聞いてほしがっている。

「なんだ。聞きたいな」

不満そうな暁彦の声は、拗《す》ねているようにも聞こえ、本当に望んだ通りのことをしてくれるんだなと思ったらなんだか可笑くなり、クマを抱きしめながら恭介は息だけで笑った。それにつられるように暁彦も笑う。お互いの肩がほんの少し触れた。

ソファに並んでいる二人の距離は近く、暁彦の体温が伝わってくる。

身体ごと凭《もた》れたら、暁彦は驚くだろうか。今身体の力を抜いてしまえばそうなる。

誰にも言ったことのない自分のことを話し、隣にいる大きな身体に凭れてしまいたいと思っている。全部を預けたいと思うこの気持ちはなんなのだろう。

家族のいない恭介だから、暁彦に父親を求め、こんな行動を取っているのだろうか。

真面目《まじめ》で包容力があり、それなのに時々凄く可愛くなる男の人に、自分は父性を感じ、甘えているんだろうか。

肩が触れあったまま、暁彦は動かずにいてくれる。

凭れてしまいたい。この大きく逞《たくま》しい身体に全部の体重を預け、凭れてそして……。

クマを抱いたままうっとりとして、身体の力が抜けそうになり、恭介は傾き掛けた身体を硬くした。

何を馬鹿なことを考えているのか。

施設での出来事を話し、自分を明け渡したような気持ちになっている。そんなのはおかしい。

暁彦は恭介の父親でも、まして恋人でもなく、……友人ですらない間柄だった。

忘れていた。暁彦は妻に出て行かれた妻帯者で、恭介は琢巳の父親候補として、ここにいるだけだった。

琢巳の父親がどちらか明らかになれば、或《ある》いは翔子が帰ってきたら、すぐさま別れ、そのあとは……もう二度と会うこともなくなる。

触れていた肩から離れ、恭介は体勢を立て直した。二人の間に隙間《すきま》ができる。

「……珈琲《コーヒー》でも淹《い》れようか」

暁彦が立ち上がった。

「カフェラテでいいか？　それとも今日は、俺がドリップしようか」

そう言って恭介を見下ろしてくる顔が、少しだけ、困っているように見えた。

土曜日に一日中降っていた雨は翌日の朝には止み、真っ青な空が広がっていた。

恭介は前日にできなかった洗濯をし、その合間に部屋の片付けをした。

平日は暁彦のマンションでみんなの物と一緒に洗っているので、洗濯物はほとんどなく、部屋も特に汚れていない。

冷蔵庫の中も、空《から》っぽに近い状態だ。

「あとで買い物にでも行くか」

冷蔵庫のドアを閉め、恭介はダイニングテーブルに置いたノートパソコンを開き、就職情報を検索した。

毎日更新される求人情報の中、条件の良さそうなものにチェックを入れながら、だけど迂《う》闊《かつ》に決められないなと考える。就労時間も出勤日も、恭介一人ならいくらでも融通が利かせられるが、琢巳と一緒に暮らすことになれば、そうはいかなくなる。

前職を活《い》かすことを考えると、ファニチャー関連が望ましいが、そういうところは勤務形態が厳しい。土日祝日をすべて休みたいと希望すれば、面接にもこぎ着けないだろう。

「……やっぱり今後のことが分からないと決められないか。引っ越しも考えないといけないしな」

六年掛けてコツコツと改造してきた自分の部屋を見回し、恭介はノートパソコンの脇にある珈琲カップに手を伸ばした。

粉をお湯で溶かしただけの珈琲は不味《まず》くはないが、暁彦が淹れてくれたものと比べると、やはり全然深みが違った。溶けきらないフレッシュミルクがダマになって浮かび、表面にうっすらと膜を張っていた。

先週サンプルを採ったＤＮＡ鑑定は、来週中には結果が分かることになっている。

鑑定結果が届けば、すべてが怒濤《どとう》のように動き出す。琢巳が恭介と暁彦のどちらの子なのか。それが分かった時、自分は何を思うだろう。琢巳は、そして暁彦は何を考え、どんな言葉を発するのか。

「どっちなんだろうな……」

鑑定結果を知った時のことを想像しようとするが、何も浮かんでこない。

だけど、心の準備だけはしておかなければならないと、恭介は思った。

琢巳と恭介、琢巳と暁彦。結果が出た瞬間に、この二つのどちらかに分かれてしまうのだ。

三人でのあの生活が、直《ただ》ちに終わってしまう瞬間を、自分は冷静に受け止められるだろうか。

まったく思い浮かばない光景を後回しにして、恭介はその先の生活のことに思いを巡らせた。

琢巳が自分の子だったら、とても嬉しい。ずっと望んでいた自分の、自分だけの家族ができるのだ。

家族が欲しかった。自分だけの家庭、自分の伴侶に、自分の子ども。

お下がりじゃない自分だけの服、自分だけのおもちゃ。

児童養護施設で過ごした、あの時の生活を思い出す。

親からもらった服を、もう小さくなったからと下の子に与えられ、それを着ているのを見て大泣きをした。嫌だと騒いでも、返してと泣いて頼んでも、洋服は恭介の元には返ってこなかった。

滅多に会いには来てくれない母の、あれが最後のプレゼントだった。

暁彦と離ればなれになることを知ったら、琢巳は泣くだろう。暁彦もそうかもしれない。

自分の子ではないと分かっても、きっと寂しいと思うだろう。愛情深い人だから。

親子でなくなっても、会ったりすることはできないだろうか。恭介が琢巳を連れて、暁彦に会いに行き、三人で過ごす時間を作れたらいいのに。そうしたら琢巳もきっと喜ぶ。

そこまで考えて、恭介は自分の図々しさに苦笑した。

自分の妻の不貞の相手とその証拠である子どもに、頻繁に会いたいと思う人なんかいない。

そして、逆に琢巳が暁彦の子だった時も同じだ。暁彦は琢巳との生活を続け、恭介はあの場所から速やかに去らなければならない。

琢巳が自分の子でなかったら、恭介はあの親子にはなんの関係もない人間なのだから。

ぼんやりとノートパソコンの画面を眺めていたら、携帯が鳴った。液晶に浮かぶ名前を見て、憂鬱《ゆううつ》な気分が吹っ飛び、途端に笑顔になる。

『ああ、恭介くん。今大丈夫だったか？』

低く、穏やかな声が聞こえてきて、恭介は「平気です」と答えた。憂鬱の原因から電話がきているのに、休みの日にまで連絡をくれたことに浮かれている。現金なものだと苦笑が浮かんだ。

『実は、琢巳と二人で出掛けようと相談していたんだが、よかったら一緒に行かないか？前に恭介くんが言っていたベランダの家具とグリーンな、君に選んでもらいたいんだ』

琢巳に話したら、大いに乗り気になっているんだと言って、暁彦が誘ってくる。電話の向こう側から、琢巳の『恭介くん、お花選んでー』という明るい声が聞こえてきた。

『どうだろう。俺が見るより君のほうが専門だから。アドバイスしてくれ』

暁彦の声も弾んでいて、きっと大きな笑顔をしているんだろうなと思った。

「ああ。それは楽しそうですね」

返事をしながら、恭介は窓の外を見た。雨上がりのスッキリとした青空が見える。

花を買うにはちょうどいい季節だ。真夏になるまでの期間、色とりどりの花を楽しめる。

『今日は天気も良いし、せっかくくつろいでいるところを悪いんだが。飯がまだなら一緒にどうだ？　こっちも今、家だから、何処《どこ》かで待ち合わせをして』

そして秋には球根を植え、次の春を待つ。芽が出て喜んでいる琢巳の姿が浮かぶ。葉の色づく木があったら紅葉も楽しめる。

『この前のカフェでもいいし、ああ、荷物があるだろうから車を出して、遠出をしてもいいかもな。どうだろう』

今日のような天気の良い日は、ベランダで朝食をとるのも悪くない。恭介がフレンチトーストを焼き、暁彦が珈琲を淹れ、みんなで食べる。琢巳の好きないちごを育てるのはどうだろう。赤く実のついたいちごを摘んで、大騒ぎをする琢巳の笑顔が見えるようだ。

三人で過ごす光景がいくらでも浮かんでくる。

「……すみません。今日はちょっとこれから用事があって」

だけどそれは実現しない光景だ。

『そうか。残念だが、……就職関係か？』

「ええ。お付き合いできなくてすみません」

『それはいいんだが。終わってからでもかまわないぞ。迎えに行こうか』

「ありがとうございます。でも、夜遅くまで終わらないと思うので。すみません。でも、店に行ったらアドバイザーがいますから、きっといろいろと相談できますよ」

『ああ、そうだな』

「二人で楽しんできてください」

丁寧に断り、電話を切った。切る寸前まで、電話の向こうで琢巳のはしゃいだ声が聞こえていた。恭介が行けないと知ったら、きっと残念がる。

角部屋にある広いベランダは、さぞかし飾り甲斐があるだろう。珈琲を飲みながらグリーンを眺め、ゆっくりとくつろげる空間を作ってみたい。リビングの延長のようなものでもいいし、まったく違う庭として作るのも楽しいと思う。

花もいいが、ハーブを育てるのも楽しそうだ。凝り性の暁彦が嵌《は》まったら面白い。あれもこれもとのめり込み、立派なグリーンを育て、得意顔をしている暁彦の顔が浮かぶ。

真面目で落ち着いているのに、時々子どものようになり、熱中すると時間を忘れる。そんな暁彦に呆れ顔をし、琢巳に「叱《しか》らないで」と窘《たしな》められたりする自分の姿も浮かんできた。

「……馬鹿だな」

全部を打ち消し、恭介は珈琲カップを口に運んだ。冷めてしまった珈琲の苦みだけが口に広がっていく。

三人でいる光景などあり得ない。恭介が琢巳の父親でないなら、あのベランダにいるのは暁彦と琢巳だけだ。そして自分の部屋でこうして一人、インスタントの珈琲を飲んでいる光景が、現実なのだ。

何度も思い浮かべては打ち消し、また性懲りもなく想像を巡らせ、馬鹿か俺はと、自分を罵《ののし》る。消しても、消しても浮かんでくる光景にうんざりし、最後には疲れてしまった。

イライラしながら立ち上がり、恭介はベッドに横になった。慣れ親しんだ自分のベッドなのに、和室に敷かれた布団の感触のほうを懐かしく思う。

「そりゃ、あっちのほうが高級布団だからな。贅沢《ぜいたく》に慣れてんじゃないよ、俺」

悪態を吐き、枕に顔を埋める。あっちの部屋とは違う柔軟剤の匂《にお》いに、涙が出そうになる。繰り返し思い出し、あり得ない空想をしつこくしてしまうのは、あのマンションでの三人で過ごす生活が、今までになく楽しくて、心地好過ぎるからだ。

「……行けばよかった、かな」

考えてみれば三人で出掛けられるのは、今日が最後だったかもしれない。

来週中にはＤＮＡ鑑定の結果が出るのだった。そうしたら、そんな時間はもう持てない。

せめて最後に三人での楽しい思い出を増やしたかった。

「いや。止めとこう」

楽しい思い出が増えれば増えるほど、あとが空《むな》しくなる。

ベランダのアクセサリーやグリーンを一緒に選べば、あれはどうなったかと、いつまでも思い出し、またどうにもならない空想をしては落ち込むのだ。だったらそんなものを残さないほうがいい。

あの空間は恭介のものじゃない。三人での生活なんて、絶対に手に入らないと分かっているのだから。

「……嫌だな。悪い癖だ」

琢巳と暁彦との生活に、執着が芽生え始めている。駄目だ、おかしいと否定しながらも、欲しくて仕方がなくなってしまっているのだ。

「甘え過ぎだ。本当の家族じゃないんだから」

この前の夜、ソファに二人並んで座り、自分のことを話しながら、全部預けてしまいたい衝動に陥った。暁彦といるといつもそうだ。全身で凭れ、際限なく甘えてしまいたくなる。

依存に近いこの気持ちは、記憶にもない父親を求めているのかと思ったが、暁彦にとっては失礼な話だと思う。

「お父さんって……。三つしか違わないのに」

こんな気持ちを抱いてはいけない。

あの人は他人で、恭介の親でも友人でも、……恋人でもないのだ。

今まで彼女は何人か持った。どれも自分から好きになった人ではなく、向こうから言い寄られ、そして一方的に振られた。相手に対する愛情の示し方が足りなかったのだと、今なら分かる。暁彦の琢巳に向ける愛情をずっと見ていたから。

羨《うらや》ましいと思った。あんな風に自分もしてもらいたい。あれが……欲しい。

暁彦の大きな肩に寄りかかり、広い胸の中に取り込まれたら、どれほど心地好いかと想像し、恭介はうっとりと目を閉じた。

「……駄目だろう、それは」

父親どころか、恋人としての人恋しさを暁彦に求めているんだろうかと思い至り、恭介はすぐさまそんな思いを否定した。

「男の人だぞ。何を考えてるんだよ」

風呂上がりに垣間見た暁彦の裸体を思い出し、あの時の狼狽《ろうばい》が蘇ってきて心臓がバクバクと鳴り始める。

男性に恋心を抱いたことなど一度もない。考えてみたら、恋自体、自分はしたことがあっただろうかと、ふと疑問に思う。

今まで恭介は自分から誰かを好きになり、相手を欲しいと思ったことなんか一度もなかったと気が付き、愕然《がくぜん》とした。

執着心の強い自分だからと、自制していた自覚はある。だから人との距離を初めからおいていたのだ。手に入れたら最後、絶対に手放したくなくなるから。

それが今、手に入れてもいないのに、こんなに苦しい。

それは、絶対に手に入らないと、初めから分かっているからなのかもしれない。

当たり前だ。暁彦は男で、結婚をしていて、それに恭介とは住む世界がまるで違う人なのだ。高級マンションに住み、責任のある立派な仕事を持ち、親や親戚だって凄い人ばかりの中で育ってきた。

翔子というアクシデントがなければ、出会うことも、すれ違うことすらなかったはずの二人だ。

それなのに飾ることなく誠実で、恭介のような人間にも優しい。

「どんだけ欲しがったって……無理だもん、な」

窓の外から子どもの声が聞こえてくる。友だちと約束して遊びに行くのか。それとも家族でのお出掛けか。明るい笑い声を聞きながら、ベッドに横たわったまま、自分以外に誰の気配もない部屋の壁を見つめた。

自分だけの城を作ろうと、少しずつ手を加えていたお気に入りの部屋だったが、今日は殺風景に感じ、なんだか寂しい。

今度鉢植えでも買ってこようか。明るく華やかな花の色がいい。

「そうだ。俺のクマ。あれはもらってきてもいいんだよな」

クリーム色のふわふわの巻き毛に包まれた大きなクマは、暁彦が恭介のために選んでくれたものだ。

自分に顔が似ていると言っていたと琢巳が教えてくれた。あれを抱いている恭介を見て、暁彦も嬉しそうだった。一目惚《ひとめぼ》れしたんだと言っていた。優しい顔をしていた。

三人で手を繋いで極彩色の花の道を歩いた。蝶《ちょう》が留まった髪を恭介に差しだし、大きな身体を屈《かが》めてきた。

ハンドタオルのクマの作り方を教えてあげた。大きな手は案外器用に動き、上手くできたと自画自賛していた。千切れてバラバラになったタコウインナーの残骸。遊園地では琢巳よりも熱心に、カサゴの絵を描いていた。

暁彦の淹れてくれたカフェラテは甘くて、幸せな味がした。

三人で入ったビュッフェスタイルのカフェ。まるで映画のワンシーンのような食事風景の中、恭介は自分がエキストラのようだと思った。

一週間後、親子鑑定の結果が出る。

琢巳が暁彦の子だったら、恭介は通りすがりのエキストラのように、三人でいる場面から、ただちに退場しなければならないのだ。


「恭介くんもきたらよかったのに」

幼稚園の制服を脱がせてもらいながら、琢巳が不満げな声を上げた。

昨日の日曜、二人で食事に出掛けた暁彦と琢巳は、ガーデニングショップを覗いてはみたものの、結局何も買わずに帰ってきたらしい。

「そうか。気に入ったのが見つからなかったのかな?」

恭介が言うと、琢巳はうーん、と首を傾《かし》げた。

「お花がいっぱいあって、これほしいって言ったんだけどね、お父さんがまたにしようって」

「そうなんだ」

「うん。また今度恭介くんと一緒に行ったときに、みんなで選ぼうって」

だから次は絶対ね！　と琢巳に誘われ、恭介は曖昧《あいまい》な笑みを返した。できない約束はしたくない。

もう今週中にはDNA鑑定の結果が郵送される。週末には絶対に結果が分かっているはずなのに、暁彦はどういうつもりでそんな果たされることのない計画を立てたのだろう。

暁彦がそのことを忘れているはずはない。そして結果がくれば、どんな変化が訪れるのか、暁彦ほどの人が思いつかない訳がないのに。

今後も三人で会おうと思ってくれているのだろうか。そうだったら嬉しいが、だけどそんなことが本当に実現するんだろうか。

いや、暁彦はきっと、駄々を捏《こ》ねる琢巳を宥めるために、そんな風に言ったんだろう。

期待はしないほうがいい。

「今日ねえ、お父さん、早く帰ってくるって言ってたよ。一緒にご飯食べようって」

「そうか。じゃあ、三人でご飯が食べられるな。今日はハンバーグにしようと思っていたんだ。琢巳くんも手伝ってくれるか？　一緒にお肉をコネコネしよう」

「するー」

元気よく手をあげた琢巳が、恭介よりも先にキッチンに駆け込んでいった。

琢巳と一緒にハンバーグの下ごしらえをする。炒めたタマネギと挽肉《ひきにく》に、パン粉などの材料を混ぜ、ボール状にしたものを琢巳に渡した。小さい琢巳のために踏み台を置き、二人で並んでハンバーグを捏ねる。

琢巳は張り切って幼稚園で使っているエプロンを着けていた。エプロンの両方のポケットには、ハンドタオルのクマが一体ずつ入っている。

タクロウの仲間となった恭介の作ったクマは、「ジロウ」と名付けられた。タクロウとジロウは、今は幼稚園には持っていかない。「だいじなものだからおうちで遊ぶの」と、琢巳が決めた。

「今日の朝は遅くに会社に行ったのに、暁彦さん、早く帰ってこられるんだね」

月曜の朝は恭介がいないため、暁彦が琢巳をバス停まで送ってから出勤することになっている。それで残業もなしに帰ってくるのは珍しい。

「うん。そう言ってた。『早く帰るよー』って」

「そうか。よかったね」

「うん。恭介くんもよかったね！」

「え？」

笑顔でそんなことを言われ、なんだそれは、とハンバーグの種を手に乗せたまま、動きが一瞬止まってしまった。琢巳は恭介の反応にはお構いなしに、「こね、こね、こね」と、一生懸命ハンバーグを丸めている。

「きのうとおとといと、恭介くんがいなかったから、お父さんはさびしくて、きっと早く帰ってくるんだよ」

「えっ、いや、こんなことはないだろう」

「えー、そうだよ。だって僕もさびしかったもん」

屈託ない笑顔でそう言われ、恭介も笑顔を返した。

「恭介くんもさびしかったでしょー」

小さな手でハンバーグを捏ねながら、琢巳が図星を指してくるので、苦笑を漏らしながら、

「そうだね。寂しかったよ」と、正直に答えた。

琢巳が恭介を見上げ、「三人がいいよねえ」と歌うような声で言った。

「僕と、お父さんと恭介くんの、三人が楽しいよね。恭介くんもそうでしょう」

見上げてくる顔は、とてもいい笑顔だ。

「そうだね」

そんないい笑顔のまま、恭介が一番望んでいることを言い当てる。

「今度の日曜日、ベランダのお花を一緒に買いに行くでしょう?」

「ああ。どうだろう。行けたらいいね」

だけどその望みは決して叶《かな》わない。もうすぐ二人と一人に分かれてしまうのだ。

「そのときはタクロウとジロウも一緒につれていっていいよって、お父さんが言った」

「そうか」

「うん！」

来週の買い物の計画をしながら、楕円形にしたハンバーグの種をバットに並べていく。

「何色のお花にしようかな。赤かな。青かな」

「青いお花は見つけるのが難しいかもね」

「恭介くんは？　何色にする？」

「んー、どうしようかな」

大きいハンバーグが二つ、小さいハンバーグが一つ。大きさの違う三つのハンバーグが、仲良くバットに並んだ。

焼くのは暁彦が帰ってきてからにしようと相談し、ハンバーグの下ごしらえを終えた二人は、テレビを観ながら暁彦の帰りを待つことにした。

いつものように恭介のクマを真ん中にしてソファに座る。クマの膝の上には、タクロウとジロウが乗せられていた。

やがて玄関のドアの鍵《かぎ》の回る音がして、暁彦が帰ってきた気配がした。

琢巳がお父さんだと言って玄関に走り、恭介はハンバーグの仕上げをしようと、キッチンに向かう。

ガスに火を点《つ》け、フライパンを置いた。油が温まるのを待ちながら、暁彦と琢巳がダイニングに入ってくるのを待つ。

いつもはすぐに聞こえてくるはずの暁彦の「ただいま」の声がせず、代わりに「琢巳ぃ、いい子にしてた？」という、甲高《かんだか》い女性の声がした。

突然聞こえた声に、恭介は急いでガスを消し、玄関に続く廊下に走っていく。

廊下の先には、琢巳に抱きついている翔子の姿があった。


リビングに入ってきた翔子は、以前恭介の部屋を訪れた時とは違うワンピースを着ていた。綺麗《きれい》にカラーリングされた髪の色は変わらず、今日は後ろで一つに縛っている。

「寂しかったでしょう。ごめんねぇ、琢巳」

甘ったるい声を出し、玄関でした時のように、琢巳に抱きついている。琢巳は二つのクマを両手で強く握りしめたまま、翔子の胸の中で棒立ちしていた。

「……今までいったい、どうしてたんだよ」

低い声を出す恭介に、翔子はまったく悪びれる風もなく「お世話掛けたんだって？」と笑顔を向けてきた。

「暁彦からのメールで、恭介がここに通ってるって書いてあったからさ。びっくりした」

「知ってて無視してたのかよ。連絡ぐらいできるだろう。その間、こっちは大騒ぎだったんだぞ。お前の親からだって、どうした、見つかったかって何度も電話がきて、暁彦さんがどれだけ苦労したか」

恭介の言葉に翔子はふざけたように肩を竦《すく》め、「だってぇ」と甘えた声を出す。

「大騒ぎになって、却《かえ》って連絡を取りづらくなっちゃったんだもん。でも無事に帰ってきたんだから、いいでしょ？」

翔子の態度は前とまったく変わらず、まるでほんの二、三時間、琢巳を預けていたかのような気軽さだ。この調子で恭介の部屋に琢巳を置き去りにして出て行き、二週間以上も行方《ゆくえ》をくらましていたのだ。

「……琢巳くん、こっちおいで」

翔子に抱きつかれたまま硬直している琢巳に声を掛けると、琢巳は翔子の腕から抜け出し、恭介のところへ駆けてきた。ほんの数分前まではあんなに笑っていたのに、今は拭《ぬぐ》ったような無表情になっている。

琢巳だって分かっているのだ。母親が、自分を捨てたことを。

「お前よくも、……そんなしゃあしゃあとした態度でいられるな」

声は静かだが、どうしても怒りが抑えられない。この無責任な母親のせいで、どれだけ琢巳が傷つき、暁彦が苦しみ、自分も掻《か》き回されたことか。

「悪かったわよ。でもね、私だって大変だったのよ……」

拗ねたように唇を僅《わず》かに尖《とが》らせ、上目遣いに恭介を見上げる。なんの効果を狙《ねら》っているのか知らないが、こちらにとっては怒りが倍増するだけの、無責任な女の表情だ。

「毎日家に閉じこもって、外に一人で出られるのはほんの数時間で。私だって自由に使える時間が欲しかったのよ。ちょっとぐらい好きにさせてもらったっていいじゃないの」

「……ちょっと待て。なんだそれは。まさかお前、そんな理由で、これだけ大変なことをしでかしたっていうんじゃないだろうな」

「あら。そんな理由って失礼ね。私にとっては大問題だったのよ」

「だいたいあのメモはなんだ？　あんなメモ一枚残して消えるとか、お前、あんまりだろう。それで、あのメモに書いてあったことは、……本当なのか？」

恭介の探るような声に、翔子が「ああ、あれね」と鼻で嗤《わら》った。

「冗談よ。ただ預かってってお願いしても、恭介は断るでしょ？　ちょっとした作戦よ」

驚愕《きょうがく》の発言に、恭介は目を見開いた。

「……嘘《うそ》だろ？」

驚いて、それ以上何も言えなくなっている恭介を見つめ、翔子が可笑しそうに笑う。こんな大事なことを、笑って言える神経が信じられなかった。

「だいたい、よく考えてみなさいよ。あり得ないでしょう。時期的に考えても。妊娠っていうのはね、最終月経が……」

「そんなの知らないって」

「やだなあ、怒んないでよ。冗談だってば」

馬鹿にするように翔子が笑った。

あのメモは冗談だと。琢巳が恭介の子どもだというのは、単に琢巳を恭介に押しつけたいがための方便だったと、翔子は言うのだ。

「お蔭《かげ》でリフレッシュできた。ありがとね」

「ふざけんなよ！」

あまりに自分勝手な言い分に、思わず大きな声が出た。恭介の剣幕に反応したのは琢巳のほうで、ビクリと身体を跳ねさせ、強く抱きついてくる。

「ごめん、琢巳くん。大丈夫だから」

恭介の怒気に怯《おび》える琢巳に優しく言い、頭を撫でた。

「琢巳ぃ。お母さん帰ってきたからね。ほら、こっちおいで」

翔子が琢巳の背中に声を掛ける。琢巳は身体を硬くし、ますます恭介にしがみついてくる。

「近づくな」

「何よ。私はこの子の母親なのよ。ねー、琢巳」

「止めろって。お前、自分がどれだけのことをしたのか分かってんのか？」

「だから反省して戻ってきたんでしょ？」

「それが反省している態度か。とにかく来るな。琢巳が怯える」

「そんなはずないでしょ。ね？　琢巳」

琢巳を庇いながら、話の通じない翔子と揉めていると、突然リビングのドアが開いた。

入り口に暁彦が立っている。

出迎えがないことを不審に思ったのか、それとも声を聞きつけて慌てて駆けつけたのか、暁彦は肩を上下させ、初めから剣呑《けんのん》な顔つきをしていた。

そして、リビングにいる翔子の姿を見ると、その場で固まった。きつく眉《まゆ》を寄せたまま、翔子を見つめている。

翔子は素早く暁彦に駆け寄り、「ごめんなさい……」と殊勝な声を出し、俯いた。

「連絡もしないでごめんね。私、いろいろ疲れちゃって。フラッと遠くへ行きたくなっちゃったの。だって、暁彦は仕事、仕事で、私……寂しくて」

震える声で、翔子は自分の失踪《しっそう》した言い訳を並べ始めた。

「逃げたってどうしようもないのにね……。なんてことをしちゃったんだろうって、私……本当はこのまま消えちゃいたいって衝動もあったんだけど。でも、琢巳のことが心配で、思い留《とど》まったのよ。だって、母親だもん。それで、勇気を持って帰ってきたの」

思い悩み、追い詰められ、自殺まで考えたような口ぶりで、翔子が夫に媚《こ》びる。

突然帰ってきた妻を前に、しばらく無言でいた暁彦は、「……取りあえず無事でよかった」

と低く、静かな声で言った。その言葉を聞いた翔子が、すん、と鼻を鳴らし、指の先で目尻を拭っている。

「本当にごめんなさい。馬鹿なことをしたと思ってる。離れている間、考えるのは琢巳と、暁彦のことばかりで……。それで、私にはここしかないって、気が付いたのよ」

すがるような声で言い募っているが、暁彦が現れる前に見せた軽々しい態度を、恭介は見ている。琢巳を恭介に押しつけて逃走した時もそうだった。この女は、平然と嘘を吐いてその場を凌《しの》ぎ、心の中で舌を出しながら涙を流すことができるのだ。

「メールの返信をしようと思っても、あなたが怒ってるかと思うとどうしても怖くて……」

「言い訳はいい。君が琢巳を置いていなくなった事実は変わらないんだから」

「違うの！　暁彦、聞いて」

「ああ、聞こうか」

そう言って暁彦は、恭介と琢巳に視線を移した。大丈夫か？　と目で問われ、恭介は小さく頷いた。

恭介と琢巳の様子を確かめた暁彦は、次にまた翔子のほうを向いた。帰ってきて翔子を見つけた時は、流石《さすが》に取り乱した様子だったが、すぐに冷静さを取り戻したらしい。

「今まで何処にいた？　誰かと一緒にいたんだろう？　俺の知っている人か？」

得意の上目遣いで暁彦を見ていた翔子の目が大きくなり、「そんなことない。一人よ！」

と叫ぶように言った。

「本当よ。誰かと一緒だなんて……誤解よ。暁彦、信じて」

「大声を出すな。琢巳が怯える。まあいい。その辺は追々調べれば分かることだ」

「何よ。調べるって。本当に一人だったんだから」

ヒステリックに叫ぶ翔子に暁彦はあくまでも冷静な声で対応し、翔子がますます興奮を高めた。宥めても諭しても感情を高ぶらせる翔子を、暁彦がダイニングへ促す。

「とにかく落ち着いて話を聞こう。恭介くん、子ども部屋で琢巳と待っててもらえるか」

振り返った暁彦が恭介に琢巳のことを託し、恭介が頷くと、翔子が「なんで？　恭介は関係ないでしょ」と、トゲのある声で言った。

「私が帰ってきたんだから、琢巳の面倒はいいでしょう？　もう帰ってもらってよ」

「関係なくはないだろう。彼だって当事者だ。君がそう言ったんだろうが。彼が琢巳の……。まあいい。あっちのテーブルに行こう。恭介くん、頼んだ」

「だから、あれは冗談よ。琢巳はあなたの子だってば！」

暁彦が言葉を途中で切ったのは、琢巳の前で生々しい話を聞かせられないという配慮だったが、翔子はそんなことをまったく気遣うことなく、大声でそう告げた。

今まで冷静さを保っていた暁彦の表情が変わる。きつく眉を寄せ、唸《うな》るような声で「……冗談？」と翔子に聞いた。

「そうよ。ああ言っておけば、琢巳を預かってくれると思っただけよ。本当にすぐに帰ってくるつもりだったの！」

暁彦が翔子の腕を摑《つか》み、強引に連れて行く。そうしながら恭介のほうを振り返った。何か言いたげな顔をして恭介を見つめ、恭介も無言のまましっかりと頷く。琢巳のことはちゃんと見ているから、どうか真実を聞き出してくれと、恭介のほうからも見つめ返した。

ドアの向こうから、時折話し声が漏れてくる。内容までは分からないが、翔子が甲高い声を上げ、それを暁彦が窘めているようだ。

琢巳はベッドの下に敷いてあるラグの上で、タクロウとジロウを遊ばせていた。ピクニックに出掛けている設定のようで、一緒に座っている恭介を山に見立て、よいしょ、よいしょ、と背中を登ってくる。

突然の母親の帰宅に動揺を見せ、貝のように口を閉ざしていた琢巳だったが、恭介の繰り返しの声掛けにやっと笑顔を見せるようになった。肩の上まで登ってきたタクロウが、恭介の腕を滑り台のようにして滑っていき、再び登ってくる。

琢巳の人形遊びに付き合いながら、恭介はさっきの翔子の言葉を繰り返し反芻《はんすう》していた。

……琢巳は恭介の子ではなかった。

ホッとする思いは確かにあった。これでよかったんだと思う。自分が父親でいるよりも、暁彦が父親だったほうが、琢巳が幸せなのは確実なのだから。

だけど、胸に穴が空《あ》いてしまったような、同時に重いもので塞《ふさ》がれてしまったような、どうしようもない苦しさが襲ってきて、胸が痛い。

三人での関係は終わりを告げた。あれほど楽しく穏やかに過ごせたのは、琢巳の父親がどちらか分からなかった故だったと、結論が出てしまった今、痛感している。

空しい思いとやるせなさに襲われ、同時にフツフツと怒りも湧《わ》いてきた。

恭介に残したあのメモはただの冗談で、琢巳は暁彦の子だという。それが本当だとしたら、恭介と暁彦はただ振り回されただけということになる。あまりに悪質で考えなしの翔子の言動に、謝られても許すことはできないと思った。

一時期は、翔子が反省するなら、琢巳のために両親が揃っていたほうがいいなどと考えた恭介だが、そんな思いは霧散していた。

平気で嘘を吐き、人を傷つけてもなんとも思わないような母親はいらない。暁彦だってきっと同じことを思っている。親権を争う裁判にでもなったら、どんなことをしてでも恭介は暁彦の味方についてやろうと思った。

話し合いはどんな方向へ向かうのだろう。あれだけのことをしておきながら、ケロッとして帰ってきた翔子の真意がまったく分からない。

結論の出ない考え事をグルグルと巡らせていると、突然、ダイニングから翔子の金切り声がした。

「なんでそんなことするの」「DNA鑑定ってなによ」という叫び声が聞こえてくる。暁彦が親子鑑定をしたことに、激昂《げっこう》しているようだ。

怒り狂った声がやがて泣き声に変わった。

琢巳が恭介の身体によじ登るようにして、膝の中に入ってきた。尋常ではない翔子の声に、再び不安になったのだろう。

恭介は琢巳の背中に腕を回し、しっかりと琢巳を抱っこしてやった。

一時間近くは掛かったのか、泣き声まじりの翔子の声はだんだん静かになり、そのうち何も聞こえなくなった。琢巳は恭介に抱かれたまま、ウトウトしている。

子ども部屋のドアがノックされ、暁彦がやってきた。恭介の腕の中で眠っている琢巳を見る顔は、苦しそうな情けないような、なんともいえない表情だ。

話があると言われ、恭介は抱いていた琢巳をベッドに移動させた。琢巳は完全に寝入ってはおらず、ベッドに寝かせてやったところで目を開け、恭介の顔を見上げてきた。

「暁彦さんとお話があるから。終わったらすぐに戻ってくるよ。大丈夫。待っててね」

琢巳に優しく言い聞かせ、布団の上から軽く叩いてやると、琢巳は「……ん」と半分寝ぼけた声を出しながら目を閉じた。

「……ちょっと、外に出ようか」

子ども部屋のドアを閉めたところで、暁彦が言った。

「万が一にも、琢巳には聞かせられない」

そう言って歩いて行く先は、玄関ではなくベランダだった。

翔子の姿はない。

二人でベランダに出て、暁彦が窓を閉めた。日は完全に落ちていて、遠くのビル群の点滅した灯《あか》りが見える。風は生暖かく、一週間のうちに季節は確実に夏に近づいていた。

「翔子さんは?」

「ああ。出て行ってもらった」

何事もない声で暁彦が言う。

「ここにいてほしくないから、どうか出て行ってくれとお願いした。おそらく実家に戻るだろう」

「それじゃあ話し合いは済んだんですか?　途中かなり興奮したような声が聞こえてましたけど。その、琢巳くんのこととか、決着がついたってことですか?」

恭介の問いに、暁彦は難しい顔を作り、外の景色に顔を向け、溜息を吐く。

まだ整理がついていないのかと、恭介は暁彦が話し出すのを辛抱強く待った。

普段は冷静で頭の切れる暁彦が、恭介たちに説明もないまま、早々に翔子を追い出したのだ。よほどのことがあったのだろう。

「……酷《ひど》いもんだ」

晩彦がぽつりと言った。

「全部嘘だそうだ」

「全部、嘘……？　ええと、それはいったい……」

琢巳が恭介の子どもだと言ったのが嘘だったのはさっき聞いた。それ以外の嘘というのは、何が何処までなのか、全部という範囲が恭介には分からない。

「本当は、帰ってくる気はなかったそうだ」

琢巳を恭介に預け、一人で出掛けていった翔子は、もう二度と戻るつもりはなかったらしい。暁彦が誰かと一緒だったのかと初めに問い詰め、大声で否定をしていたことも、図星だった。翔子は男と一緒だったのだと。

「通っているスポーツジムで知り合ったんだそうだ。あっちも会員で、独身らしい。その男と一緒になるために、二人で逃げたんだと」

翔子が失踪した時に、暁彦は最初にそれを疑った。そして案の定、翔子は男と駆け落ちをした。

「何処か遠いところで二人で新しい生活をしようと誘われて、その気になってついていって、……結局別れてきたんだそうだ。思い通りにいかなかったって。まあ、そうだろうな」

二人の蜜月は、すぐに上手くいかなくなり、破局した。そうして男と別れた翔子は、何食わぬ顔をして、嘘八百の言い訳を並べ、元の生活に戻ろうとしたのだ。

ポツポツと話す暁彦は気の抜けた顔をしている。

自分の妻のあまりの計画性のなさと幼稚さに、悔しいとか悲しいとか思う前に、呆れてしまったのだろう。恭介も同じ心境だ。

「それで、琢巳のことなんだが……」

遠くに視線を飛ばしていた暁彦が、恭介のほうを向いた。

「どっちの子でもないそうだ」

「……え?」

驚いて聞き返す恭介に、暁彦はゆっくりと頷き、再び外の景色に目を向け、言った。

「俺の子でもない。恭介くんの子でもない。結婚前に付き合っていた男がいて、その人の子だと言った」

学生の時に翔子はその男と同棲をしていて、そのうち彼の子を身ごもった。そのことを告げたら、結婚しようと言われ、そのつもりでいたのだが、ある日男が姿を消した。責任を取ることに怖《お》じ気《け》づいたのか、最初から遊びのつもりだったのか、男は逃げたらしい。

「男を探しているうちに、中絶の時期を逸して、産むしかなくなった。そこで……父親になってくれそうな男を探したんだとさ。それに俺が引っ掛かった」

再びこちらを向いた暁彦が「君も候補だったらしいぞ」と言って笑った。

「二股どころじゃなかったらしい。まったく馬鹿だ。他に方法があっただろうに」

翔子の実家は西の地方にある資産家で、両親はかなり厳しいらしい。学生になって親元を離れ、好き勝手やった挙げ句に妊娠し、しかも父親に逃げられたなどと告げれば、どんなことになるか分からないと、親に叱られるのを恐れるあまり、そんな暴挙に出たのだ。

「何人か候補を並べた中で、俺を選んだそうだ。……まったく光栄なことだ」

暁彦が皮肉な笑みを浮かべる。

暁彦なら家柄も、本人のスペックも申し分ない。デキ婚でもこれなら親も納得するだろうと、そんな考えで暁彦を選び、関係を結び、妊娠を盾に結婚を迫ったらしい。

「どおりで琢巳が生まれたのが、予定日よりだいぶ早かったんだ。やられたよ」

どこまで人を馬鹿にしているのか。自棄《やけ》になったようにして笑っている暁彦の顔を見つめながら、恭介は腸《はらわた》が煮えくりかえるようだった。

五年前のことを思い返せば、恭介に近づいてきたのだって、確かにかなり強引だった。他にも何人にも粉を掛けて、お腹《なか》の子の父親候補を探したのだろう。選ばれてしまった暁彦は災難だが、もし自分が翔子だったら、やっぱり暁彦を選ぶだろうと思う。真面目で責任感の強い暁彦を騙《だま》し、翔子は利用したのだ。

「その、じゃあ、琢巳くんの本当の父親は、いなくなったままなんですか?」

「いや、しばらく経って消息が分かったが、……事故で亡くなっていたそうだ。琢巳が生まれてからだいぶあとに分かったらしい」

「そうなんですか……」

親に叱られたくないというだけで、安易な考えで強引にデキ婚に持ち込んだ。そうやって家庭に入った翔子は、自由のない生活に辟易《へきえき》していたそうだ。父親に選んだ暁彦は、結婚してみたら面白みもなく、つまらなかった。このまま人生が終わるなんて冗談じゃないと。

問い詰められて自暴自棄になり、本音を曝《さら》け出したんだろうなと、暁彦が可笑しそうに笑って言った。

「琢巳を捨てて恋人と駆け落ちをしようとした時は、もう戻る気がなかったから、取りあえず琢巳の預け先を探して、君を訪ねていったそうだ。あの頃父親候補に挙がった中で引っ越しをしていないのは、君だけだったと言っていた」

「あの女……」

唸るような声を出す恭介に、暁彦が「本当に災難だったな。……お互いに」と言った。

「後先を考えずに行動するからこうなるんだ。妊娠も結婚も、駆け落ちも。その場凌ぎで今までやってこられたものだから、今回もなんとかなるだろうと思ったんだろうな。良くも悪くもお嬢様だから」

そして駆け落ちが失敗して、のこのこ戻ってきた翔子は、暁彦にＤＮＡ鑑定をしたことを告げられ、今まで吐いていた嘘を、すべて暴かれてしまったのだ。

「それで、これからどうするんですか？」

翔子の悪行は明らかになった。たぶん暁彦は当初の予定通り離婚するだろう。これだけのことをされたら、絶対に結婚生活なんか持続させられないと思う。

だけど、そうなると琢巳はどうなるのか。

恭介の子ではなく、暁彦の子でもなく、本当の父親はすでに他界している。

恭介の問いに、暁彦が難しい顔をした。暁彦もどうすればいいのか分からないのかもしれない。真実を知ったのが、ついさっきのことなのだ。すぐには結論が出ないのも無理はない。

「翔子に琢巳を託すわけにはいかない。そんなことをしたら、琢巳が壊される」

暁彦の心配は当然だ。人を騙すことに躊躇《ちゅうちょ》がなく、腹を痛めた自分の子すら簡単に捨てるような女だ。経済的には支障がなくても、子を育てるには、翔子は不適格だ。

恭介の家に訪ねてきた当初の琢巳の様子を思い出しても、翔子が琢巳にどんな扱いをしていたのかが分かる。あんな無表情で寡黙な琢巳に、二度と戻ってほしくない。

「両方の親にも相談して決めていかなければならないな。琢巳にとって、一番いい方法を選んでやりたい。だが、いろいろと問題が多いのも確かだ」

「そうですね……」

——俺じゃ駄目だろうか。

できるなら、自分が琢巳を引き取って育てていきたい。喉《のど》まで出掛かった言葉を恭介は呑み込んだ。

可哀想という感情だけで決めてしまえることではない。それを実現させるには、相当な覚悟が必要になるのだ。自分にそれができるのか。途中で投げ出さないと誓えるのか。そもそも恭介が琢巳を引き取ることが、本当に琢巳のためになるのだろうか。

琢巳のため、琢巳のためといいながら、奥底に別の思惑を、自分は隠していないのか。

お互いに口を開かないまま、長い沈黙が続いた。

隣にいる暁彦は、ずっと難しい顔をしたまま遠くを見つめている。

「……そろそろ部屋に戻ろうか」

暁彦の声掛けに、だいぶ長い間二人でベランダにいたことに気が付いた。

「琢巳は起きないかな。そういえば夕飯もまだだった」

「今日はハンバーグだったんです。琢巳くんと二人で作ったんですよ」

「そうか。それは是非《ぜひ》とも食べたいな」

暁彦が明るい声を出し、窓を開けて部屋に入っていった。恭介もそのあとに続く。

夕飯の支度の続きをしようと恭介はそのままキッチンに行き、暁彦が琢巳の部屋を覗きに行った。

深刻な問題は、取りあえず今日は考えないことにして、とにかく楽しい夕食の時間を作ろう。そう思い直し、恭介は冷蔵庫にしまっておいたハンバーグの種を取り出した。琢巳を起こすのに苦労をしているようで、暁彦はなかなか戻ってこない。

無理やり起こされてぐずっているのか。だけどせっかく作ったハンバーグを食べられなかったら、あとでもっとぐずりそうだ。

「恭介くん」

暁彦の声がして、恭介は顔を上げないままコンロに火を点けた。

「琢巳くん起きました？　今焼きますよ。焼くのにちょっと時間が掛かりますから」

「琢巳が何処にもいない」

「え……？」

驚いて顔を上げると、蒼白《そうはく》な顔をした暁彦が立っていた。

部屋の何処にも琢巳はおらず、暁彦と恭介は手分けして外を探すことにした。

暁彦はマンションの各フロアと建物の周辺を、恭介はバス停や公園まで走って行き、琢巳を探した。

ベランダで話し込んでいた時間はおよそ三十分。その間のいつの段階で琢巳がいなくなったのか分からない。バス停、公園と回り、よく買い物に行くスーパーやコンビニにも行ってみたが、琢巳を見つけることはできなかった。

汗だくになった恭介がマンションのエントランスまで戻ってくると、暁彦もちょうどやってきたところだった。二十階建てのマンションの全フロアを隈なく探し回った暁彦は、滝のような汗を流し、肩で息をしている。

「……何処にもいない」

息を切らしながら、暁彦が呻《うめ》くように言った。

「翔子が連れ出したんだろうか。電話をしても出ないんだ」

手にした携帯で暁彦が何度も通話を試みるが、応答がない。「くそ」と吐き捨て、それでも諦めずに再びタップする。

「翔子さんじゃなく、琢巳くん、自分で出たんじゃないかな」

「今までそんなことをしたことがないぞ、琢巳は」

苛立《いらだ》った声を出す暁彦を見上げ、恭介は自分の考えを言った。

「琢巳くんの部屋を出る時、暁彦さんはたしか『外に出ようか』って言っていましたよね。半分寝ぼけたままその声を聞いていて、それで起きたら俺たちがいなかったから、外に出たと思って、追い掛けたんじゃないでしょうか」

恭介の声に、暁彦の目が大きく見開かれた。

「琢巳くん、俺たちが翔子みたいにいなくなったって思い込んで、パニックになっちゃったのかも。あんなことのあった直後だったし」

翔子の突然の帰宅に驚き、琢巳は棒のように硬直していた。恭介も大声を出してしまい、翔子にいたっては、琢巳のことなど斟酌《しんしゃく》することなくヒステリックに叫んでいた。

あの状態で、起きたら暁彦と恭介の姿はなく、ベランダを確認することまで考えなかったのではないだろうか。どんなにしっかりしていても、琢巳はまだ四歳なのだ。パニックを起こし、外に飛び出すことは十分に考えられる。

恭介の言葉に暁彦が考え込む。唇に当てた指が僅かに震えていた。

「……そうかもしれない。きっと俺たちを探して外に飛び出したんだ」

顔を上げた暁彦が、琢巳の姿を探すように辺《あた》りに目を走らせる。

「交番に行ってみましょう。大丈夫。きっと見つかりますよ」

外は暗く、完全な夜だ。こんな時間に小さな子が一人で徘徊《はいかい》していたら、絶対に保護されるはずだ。

「俺が一人で行ってきます。もしかしたら琢巳くん、自力で戻ってくるかもしれないし。暁彦さんは一旦部屋に戻って……」

ここも手分けをして対処しようと、部屋に戻るように促すが、暁彦は恭介の言葉など聞いていないように、辺りを見回している。

「暁彦さん……？」

落ち着かない様子で目を走らせている暁彦に、どうしたのかと名前を呼ぶと、暁彦はずっと遠くを見つめたまま、「……救急車だ」と言った。

「聞こえないか？　救急車が来ている。何処だ？　そんなに遠くない」

音の出所を確かめようと、暁彦があちこち見回している。暁彦に倣《なら》って恭介も耳を澄ませると、確かに救急車のサイレンの音が聞こえてきた。

「事故かもしれない……。琢巳」

琢巳の名を呼びながら、暁彦がふらふらと歩き出す。恭介も嫌な予感が過《よ》ぎったが、落ち着こうと自分に言い聞かせ、行こうとする暁彦の腕を摑んだ。

「琢巳くんだと決まったわけじゃない。取りあえず、俺が交番へ行きますから。暁彦さんは部屋で連絡を待っててください。こっちが闇雲に動き回ったら、すれ違いになる……」

懸命に説得するが、暁彦は聞かず、「駅前の公園のほうだ」と、どんどん足を速めていく。

「きっと琢巳だ。行ってやらないと」

確信を持った声で暁彦が言い、恭介の腕を振り切って、全速力で走り出した。


手術室の向かいにある待合室には、暁彦と恭介以外に人はいなかった。

あれから救急車の到着した場所へ走って行った二人は、搬送されていく琢巳を見つけたのだった。

暁彦が琢巳の名を叫びながら駆け寄っていった。凄《すさ》まじい声だった。暁彦の声を聞いた琢巳も、お父さん、お父さんと、大声を上げて泣いていた。

暁彦は琢巳と一緒に救急車に乗り込み、恭介はタクシーでその後を追った。

搬送先の病院では、怪我の状態、すぐに手術が必要なこと、合併症と後遺症の話、更には最悪のケースもあることなどを説明され、同意書を書かされた。

警察もやってきた。事故の状況を聞かされ、琢巳が一人でいたことについての聴取が行われた。

琢巳は駅近くにある公園に向かって歩いていて、自転車と接触していた。ちゃんと歩道を歩いていたのだが、道が暗かったことと、琢巳の身体が小さかったことで、歩道を走っていた人は琢巳に気付かずに轢《ひ》いてしまったらしい。

怪我は左腕の骨折で、検査の結果、脳や内臓などには損傷はなく、だが、運の悪いことに、傷が外部に触れており、感染症のリスクがあるため、すぐに手術が必要ということだった。

ただの骨折といえば簡単に聞こえるが、琢巳の場合は早急に処置をしないと、細菌が身体に入り込み、敗血症や骨髄炎の危険があるらしい。回復にもかなりの時間が掛かり、リハビリも必要だということだった。

担当医と警察官の対応を終えた暁彦は、今待合室で琢巳の手術が終わるのを待っている。

ソファに腰掛けている暁彦の隣に、恭介も一緒にいた。

深く項垂《うなだ》れている暁彦の横顔は苦悶《くもん》に歪《ゆが》んでいた。医師に聞かされた琢巳の状態は、それほど深刻だった。

事故を引き起こした原因が自分にあると責め、苦しんでいる暁彦に、恭介は何も言えず、ただ彼の側《そば》につき、祈ることしかできなかった。

「……一瞬、肩の荷が下りたんだ」

俯いたままの暁彦が、呻くような声で言った。

「翔子から全部嘘だったと聞かされて、琢巳の父親を宛《あて》がうために俺を選んだんだって言われて、……ああ、こいつ、俺と同じだったんだって、気が軽くなったんだ」

最低だ……と呟き、暁彦が額に手を当て、自分の髪を強く握った。

「なし崩しの結婚で、お腹に子がいるって聞かされた時、実はあまり覚えがない」

「え……？」

驚いた声を上げる恭介の隣で、暁彦は下を向いたまま、僅かに口端を引き上げた。

恭介がされたのと同じように、翔子には積極的に迫られたが、暁彦のほうはそのつもりはなく、最初は適当に躱《かわ》していたのだそうだ。

「チヤホヤされるのに慣れていたから、プライドに触ったんだろうな。執着されて、周りには俺と付き合っているようなことを触れ回られて、迷惑していたよ」

理系で学生の頃から研究職を目指し、それだけに没頭していた暁彦に女っ気《け》はまったくなく、周りにお膳《ぜん》立てをされたこともしょっちゅうあったらしい。暁彦の外見と家柄に目を付け、翔子のようにしつこく寄ってくる女性も多かった。

「面倒で放っておいた。特定の誰かと付き合えば、周りが静かになって、ちょうどいいぐらいに思ったんだ」

そのうち翔子と暁彦の仲は周知になり、だけど翔子だけは暁彦が自分に興味を持っていないことを知っていた。

「なんでそんなに執着してくるんだと不思議だった。今思えば、俺がそんなだったから、利用できると踏んだんだろうな。何度か家にも来た。そのうちの何回か、酒を飲まされて泥酔させられたことがあったんだ」

酔い潰《つぶ》れて眠ってしまい、朝起きたら裸の翔子が隣にいた。覚えがないが、身体には性行為の痕跡が残っていた。翔子は暁彦にされたことを細かく語り、自分たちは確かに抱き合ったと言われた。

「眠らされて、おそらく乗っかられたんだろうな。呆れたよ。翔子は俺のほうから誘ってきたと言った。あり得ないのに」

暁彦が恭介に顔を向けた。うっすらと笑みを浮かべ、ごく静かな声で、「俺はたぶん、女を愛せない」と、言った。

「昔から違和感があった。誰かが誰かを好きだという話や、例えば女性の身体についてや、そういう経験や、欲望の話を聞いても、俺はずっと……遠くに感じていた」

暁彦が自分のことを語り出す。誰にも言ったことのない自分の秘密を、自分自身に問うように、ゆっくりと話し始める。

「女性と付き合ったこともある。だが、誰とも長く続かなかった。そんなものより同性の仲間と連《つる》んでいるほうが楽しいと思った。だけどまあ、自分が未成熟なんだろう、そのうち変わっていくだろうと思った」

女性と付き合うことに苦痛を感じても、相性の問題だと結論づけた。とても気の合う同性の親友ができた時、今までにない充実感と、恋情に近い昂《たかぶ》りを感じたが、それも気のせいだと片付け、目を背けた。

「そんなことがあるはずがない。あってはならないことだと自分に言い聞かせた」

家庭も学校も、周りは皆波風なく、常識を重んじる環境だった。そんな中にいて、異端の烙印《らくいん》を押されるわけにはいかなかった。だから暁彦は固く目を閉じ、自分自身も周りと同化し、世間並みであろうとした。

「翔子に妊娠を告げられた時、嵌められたと思ったが、こっちも打算が働いた。家庭を持ってしまえば、周囲に認めてもらえる、とな」

独身でいれば結婚はまだか、家庭を持ったら次は子どもをと期待される。その両方が同時に手に入るのだ。

「親はいい顔をしなかったよ。デキ婚なんて体裁が悪いって。でも俺は、いずれ結婚しなければならないなら、今してしまえばいいと思って、説得した。俺はそんな……最低な理由で、翔子と結婚したんだ」

抑揚のない声で、暁彦が自分の心情を吐露している。保身に走った卑怯な自分を責め、後悔していると呟いた。

「それでも、生まれた琢巳は可愛かった。せっかく家庭を持てたのだから、持続させようと自分なりに努力もした。だが、……」

――どうしても妻を愛せなかった。と、暁彦は滴《しずく》のような声を、一滴落とした。

「表面だけはそれらしく振る舞ってはいたが、結局家庭の内側にいれば、取り繕《つくろ》いようがない。俺がそんなだから、翔子が外に目を向けたくなるのも当然だ」

翔子が暁彦に不満を持ち、他所《よそ》に気持ちを向けていたことも、暁彦は気付いていたのだ。だけどここでも目を瞑《つむ》り、黙って放っておいたのだと言った。

「仮面夫婦なんてもんじゃない。初めから家族じゃなかったんだよ」

責任を取るという大義名分で家庭を持った暁彦は、翔子に対する罪悪感から、好きにさせていた。家族の体裁さえ保たれていればそれでいいと、諦めてもいた。そして翔子のほうも、暁彦を騙して父親に仕立て上げた後ろ暗さから、何も言わなかったのだろう。

互いが互いの思惑で、家族という名前だけの箱の中で過ごしていたのだ。

「幸い仕事が面白かったし、そっちに逃げた。他所の家庭も大なり小なり問題を抱えている。うちもその中の一つで、家庭なんて何処もそんなものだろうと思い込もうとした」

暁彦が恭介を見つめ、「だけど、間違っていた」と言った。

「翔子が失踪して、俺はその時も、とうとうやっちまったか、ぐらいの気持ちだった。そして君が琢巳を連れてきた」

自嘲《じちょう》で歪んでいた暁彦の唇は、今は柔らかく綻《ほころ》んでいて、そんな顔をしたまま、恭介を見つめた。

「君と琢巳と俺と。三人で過ごした数日間は、今まで経験したことのない、……幸福なものだった」

諦めて、こんなものだろうと思っていた生活が一変した。家に帰るのがこれほど楽しみだと思ったことはなく、とても充実した毎日を送れていたのだと。

「恭介くんの琢巳に対する態度を見ていて、本当に今まで自分が適当に逃げていたことを思い知った。恥ずかしかったよ。二人で楽しそうにしているのが羨ましかった。嫉妬《しっと》するぐらいに」

「そんなこと……」

「本当だ。顔が見たくて、仕事へ行っても、早く帰りたくて仕方がなかった。こんな気持ちになったのは、初めてだった」

三人で食卓を囲み、外へも一緒に出掛ける。家に帰ってドアを開けた瞬間に飛び込んでくる琢巳と、出迎えてくれる恭介の笑顔。

「俺のやったクマを抱いている姿をみると、なんというか……この辺が一杯になって」

掌を胸に置いた暁彦が、「こういう感覚なんだなと思った」と言った。

「満ち足りるとか、幸福だとか、そういったものを、生まれて初めて経験した。それで俺は、……分かってしまったんだよ」

大切な宝物をそっと覗くようにして、暁彦が自分の手を見つめ、言った。

「俺は、恭介くんのことが、好きなんだと……気が付いたんだ」

自分の掌に向かい、暁彦が打ち明ける。心の奥底に沈めていたものが、目の前に現れたと。

「男の君にそんな感情を抱いている自分に愕然とした。どんなに否定しても、どうにもならない。苦しくて、もがいて、だけど、どうしても気持ちがなくならない。……ああ、俺はこうなんだ。俺はこういう人間だったんだって認めてしまったら、気持ちが軽くなった。俺は、俺自身にも嘘を吐いていた。世間から外れることを恐れて、流されるまま家庭を持った俺は……間違っていた」

掌を見つめたままの暁彦は、自分に言い聞かせるように独白を続けた。今までの罪を懺悔《ざんげ》し、低く、静かな声で話し続ける。

「琢巳と君との、三人での生活が続いたらいいと願った。だが、そんなことは叶わないと分かってもいた。琢巳が君の子だったら、息子を取られ、……君との繋がりも失う。俺はそれが一番嫌だったんだ」

親子鑑定の結果が出れば、三人の生活も終わりを告げる。暁彦はそのことに未練を持ち、どうすれば失わずに済むのかと、ずっと考えていたのだと告白した。

「翔子が、琢巳の父親は俺でも恭介くんでもないと言った時、正直俺は、ホッとしたんだ。どちらのものでもない。二対一にならずに済むと。恐ろしいことに、その時琢巳の存在も一瞬、蔑ろにしたんだ」

翔子も琢巳もいなくなれば、友人としてでも恭介と交際できると考えたと言って、暁彦が深く項垂れた。

「早く君に知らせようと、琢巳を置き去りにして君を連れ出した。ベランダで事情を話しながら、俺はどうしたら君との繋がりを切らずに済むのか、それればかりを考えていた。琢巳のことをすっかり頭の外に追いやって、君とのこれからのことばかりに気を取られていた。琢巳のことを一番に考えるべきなのに、俺は……」

部屋に残した琢巳のことなど考えもせずにいたと、暁彦が激しく自分を責めていた。

「俺が悪い。馬鹿だった。琢巳をあんな目に遭《あ》わせたのは俺だ」

「暁彦さん……。そんなことはないです」

「翔子が選んだ父親候補は、とんでもない欠陥品だった。ただ家に帰り、一緒にいるってだけの、無能で冷徹な人間だ」

「それは違いますよ。暁彦さんはちゃんとした父親です」

項垂れたままの暁彦は、恭介の言葉にも首を横に振るだけだ。

「暁彦さん、聞いて」

力なく膝に置いてある暁彦の手を、恭介はそっと包み込んだ。

「救急車の音を聞いた時、すぐさま飛んでいきましたよね。俺は、ギクリとはしたけど、まさかと思って動かなかった。だけど暁彦さんは琢巳くんをちゃんと見つけた。……父親って凄いなあって思いました」

琢巳の不在に焦りはしたが、恭介は冷静に次の行動を考えていた。所詮は他人事《ひとごと》だと、何処かで思っていたのかもしれない。そんな恭介に対し、暁彦は体裁も何もかもかなぐり捨てて、琢巳の元に走った。

事故に遭い、運ばれていく琢巳の姿を見つけた時の、暁彦の断末魔のような叫び声は、今も耳に残っている。

「俺は、暁彦さんに言われるまで、救急車の音にも気付きませんでした。俺一人だったら、今も琢巳くんを見つけられずに探し回ってますよ。絶対に」

恭介の手の中にある暁彦の掌は大きく、硬い。自分の掌よりもずっと大きいそれを精一杯包み込み、力を込めた。

「冷徹なんかじゃない。暁彦さんは、誰よりも琢巳くんのことを大切に思っている。琢巳くんはそんな暁彦さんのことが大好きなんですよ。当たり前じゃないですか。こんな素敵なお父さん、他にいませんよ」

顔を上げた暁彦が恭介を見つめた。唇を震わせ、次にはそれを我慢するように、きゅ、と閉じる。

琢巳とそっくりなその表情に、恭介の顔から笑みが零れた。

「本当、親子なんだな。暁彦さん今、琢巳くんとおんなじ顔をしていますよ」

恭介の言葉に、暁彦の顔が俄《にわか》に崩れた。大きく見開かれた目には涙が溢《あふ》れ、バタバタと音を立て、暁彦と恭介の手の上に落ちていく。

喉が鳴り、声が漏れる。固く握った拳《こぶし》を恭介に包まれたまま、暁彦が泣いている。

嗚咽《おえつ》を漏らしながら身体を震わせている姿は、子どもの怪我を案じ、無事を祈る父親以外の何者でもないと、恭介は思った。


手術が終わり、琢巳は小児病棟の個室に移された。

二時間に及ぶ手術の結果、一応今の段階での感染症のリスクは回避されたと主治医が言った。経過を観察しながら今後も感染症予防の治療を続けるが、順調な回復が見込まれれば、二週間後には退院の目処《めど》が立つだろうと告げられた。

手術の結果にホッとする間もなく、入院の手続きに、暁彦は忙しくしていた。待合室で恭介に不安を打ち明けたことなど忘れたように、テキパキと走り回っている。警察にも改めて対応し、両方の実家にも連絡を入れ、事情を説明した。

恭介は病室に残り、忙しい暁彦に代わって琢巳の付き添いをしていた。琢巳はまだ麻酔が効いていて、ベッドの上で眠っている。目覚めるまでは一時間ほど掛かるそうだ。

怪我をした腕は包帯に覆われ、もう片方の腕も管に繋がれていた。感染症を防ぐために抗生剤の投与を続けなければならず、点滴をされている姿が痛々しい。

諸々の雑事を済ませた暁彦が病室に入ってきた。恭介の隣の椅子に腰掛け、眠っている琢巳の顔を眺めている。

「両方の両親が、時間を作って見舞いに来てくれるそうだ」

「そうですか」

「翔子とのことも、その時に相談することになっている。さっき少しは説明したが、電話で決められることではないから」

暁彦がそう言いながら、そっと琢巳の頭を撫でた。穏やかな笑みは、琢巳の無事に心底安《あん》堵《ど》している、優しいものだ。

「入院のための着替えやタオルなんか、俺が取りに行ってきますよ」

琢巳に付き添ってあげるよう恭介が促すと、暁彦は「すまないが、頼む」と頭を下げた。

「ご両親が来るなら、あの和室も綺麗にしておきます。俺は自分の家に帰りますから」

「ああ。恭介くんには本当に世話になった」

笑顔で礼を言われ、「いえ……」と小さく首を振る。

「部屋の片付けなんかは俺がするから、かまわないでくれていい。会社にも連絡をして休みを取ったから。さしあたり入院に必要な物だけお願いしたい。琢巳が目を覚ました時に、誰もいなかったら可哀想だから」

「もちろん。いてあげてください。あの、……それじゃあ」

恭介の挨拶《あいさつ》に、暁彦は「ああ」と言って、すぐに琢巳のほうに顔を向けてしまった。

病室から出て、恭介は明るい廊下をトボトボとした足取りで歩いて行く。

琢巳の手術が成功し、恭介も安心した。暁彦も同じだろう。入院生活のことや、見舞いにくる両親のこと、それから翔子とのことなど、やることはたくさんあり、それで頭がいっぱいなのも分かる。

だけど、恭介には不満に思う気持ちがあった。

さっき恭介に告白したことなどまるでなかったかのような態度を取られ、肩透かしを食った気分に陥っていた。

想いを絞り出すような暁彦の言葉が、恭介の胸に刻まれている。あの時の暁彦の声を思い出すと、顔が火照《ほて》り、身体が浮き上がるようだ。

それなのに、それを口にした当の本人の、あのあっさりとした態度はなんなのだろう。世話になった、なんて他人行儀な挨拶をされ、突き放されたような気がしたのだ。

恭介に対し丁寧に礼を言い、恭介が自分の家に帰ると言っても、残念がる素振りも見せなかった。

「照れてたのかな。それにしても……あ」

行き掛けた足を止め、恭介は踵《きびす》を返した。急いで廊下を戻り、病室のドアを開ける。

振り返った暁彦が、再び入ってきた恭介を見て、「どうした」と聞いた。

恭介のことが好きだと、暁彦ははっきりとそう言った。

それに対する返事を、恭介はまだ何も口にしていないことに気が付いたのだ。

ドアを後ろ手に閉めたまま動かないでいると、しばらく恭介を見つめていた暁彦が立ち上がり、近づいてきた。「恭介くん、どうした?」ともう一度聞いてくる。

「……さっきの暁彦さんが言っていたことですけど。その、俺が、好きだって……」

恭介の前までやってきた暁彦に思い切ってそう言うと、問うようだった暁彦の表情が途端に変わり、ヨロヨロと目を泳がせ始めた。

「突然だったんで、びっくりして、俺、まだ全然整理がつかなくて、なんて言ったらいいのか分からないんですけど」

動揺している暁彦に釣られ、恭介のほうもしどろもどろになる。何をどう言えばいいのか用意もないまま、だけど何か言わなくてはと焦る。

「あの、それで、俺は……」

苦しみ、悩み、ずっと押し殺していた想いを、暁彦は恭介に曝け出してくれた。自分だけに見せてくれた暁彦の素の姿に、自分もちゃんと向き合い、お返ししたいと思うのに、上手く言葉が出てこない。

「さっきのことは忘れてくれ」

「……え？」

気持ちを伝えようと懸命に言葉を探している恭介に、暁彦が言った。それは、あまりに思いがけないものだったので、恭介は呆《ほう》けた顔のまま、何も言えなくなった。

「どうかしていた。聞かなかったことにしてもらえたら、ありがたい」

恭介を見下ろす顔には照れ笑いが浮かんでいた。あんなことを口走り、後悔していると、その表情が語っている。

「なしにしろって……ことですか？」

かろうじて声を出した恭介に、暁彦は「本当にごめん」と言った。

「あんなことを口走っておいて、忘れてくれは、都合がよすぎたな。……本当に申し訳ない」

丁寧に頭を下げる暁彦に、慌てて「止めてください」と、頭を上げさせようとした。

「謝らないでくださいよ」

「恭介くんには感謝をしている。君のお蔭で、いろいろと気付かされた。ありがとう」

まるで別れの挨拶のような言葉を吐き、暁彦が一人で話を纏《まと》めようとしている。

「琢巳のことでもいろいろと迷惑を掛けた。君がいてくれて本当によかった。だが、もう大丈夫だ。これからは、……こっちでやっていくから」

ますます言葉が出てこなくなり、恭介はそのまま下を向いた。さっきは思い出しただけでふわふわと身体が浮くような感覚がしたのに、今は全身の血が下がったように重く、つま先からスウッと冷たくなっていく。

なしにしろと。

あの言葉は嘘だったと、暁彦が謝っている。

琢巳の事故に気が動転し、思ってもいないことを口走ってしまったのだと、暁彦は言っているのだ。

謝り、礼を言い、これでお終いにしようという。

三人での生活はもう終わりだと、突然の退場宣言を恭介に突きつける。

「分かりました。忘れろっていうなら忘れます。でも、……恨みますから」

暁彦が顔を上げた。恭介を見つめる顔は、茫然《ぼうぜん》としたような、苦しそうな、複雑な表情だ。

「嘘は……酷いです」

恭介の声を聞いた暁彦が、大きく目を見開いた。

「いや、違う、恭介くん」

「なしにしろっていうのは、そういうことですよね。言ったことは嘘だったって」

違う、違う、と暁彦が焦ったように手を振っている。

「俺は、君が気分が悪いだろうと思って」

「気分悪いですよ。好きだって告白しておいて、……なしにしろ、なんて言われたら」

嬉しかったのに。

これからも離れずにいられると、この人とずっと一緒にいてもいいのだと、そう言ってもらえて、とても嬉しかったのに。それを全部反故《ほご》にされ、もう二度と関わるなと言われてしまった。

「……荷物取ってきます。持ってきたら、受付に預けておきますから」

「ちょっと待ってくれ、恭介くん」

ドアを開けようとした腕を掴まれた。「恭介くん」と暁彦が呼ぶ。振り返ることができなかった。鼻の奥が痛くて、それを我慢するのが精一杯だ。

「恭介くん、誤解だ。俺は嘘を言ったんじゃない。ただ、……」

「ただ……？」

誤解だという言葉のその先を待ってみるが、暁彦は絶句したまま、恭介を見つめるだけだ。

「……俺、男の人を好きになったこと、ありません。……というか、たぶん、人を好きになったことがなかったんだと思います。だって、俺、なんか今、凄く……」

言葉を切り、暁彦に摑まれたままの腕を胸の前に持って行き、強く握る。

だって今、潰れそうなほど、胸が痛い。

「暁彦さんに好きだって言われて、馬鹿みたいに喜んで、それなのに……」

「恭介くん……」

目の奥が痛い。耳の後ろが熱くなり、熱に押されるようにして、涙が零れた。

「なしにしてくれだなんて、そんな酷いこと、言わないで……」

身体が震え、嗚咽が漏れる。パタパタと涙が床に落ち、しゃくり上げるように震わせる恭介の肩を、暁彦が優しく擦《さす》ってくれた。

「……俺、誰と付き合っても、すぐに駄目になっちゃって。性格が悪いから仕方がないのかなって、ずっと思ってて、でも、暁彦さんが違うよって言ってくれて、俺……」

救われたと、グズグズになった声のまま、恭介は言った。

「自分が頼りにされるのも嬉しかったし、俺のほうから押しかけて、面倒みたいなんて申し出たことに、自分でもびっくりしたぐらいなんです。でも、暁彦さんは助かるって言ってくれて。……それも嬉しかった。なんでもしてやりたいって思いました。そんな風に自分が思

ったのも初めてでした」

人との関わりに境界線を引き、適当な距離を保つのが自分にとって心地好い生き方なのだと思っていた。入り込まれるのが嫌いで、自分からも踏込むことをせずにいた自分が、もっと深く関わりたいと初めて思えたのが、暁彦なのだ。

「自分が同性愛者なのかも分からない。暁彦さん以外に、こんな気持ちを持ったことがなかったから」

別れを告げていった人には冷たいと言われ、自分も情が薄いのだと思っていた。だけど暁彦に出会い、そうではなかったと気が付いた。

今まで、恭介は誰にも恋をしたことがなかったのだ。

「三人での生活、俺も凄く楽しかった。暁彦さんが充実してたって、幸せだったって言ってくれて、ああ、俺も同じだって思いました」

暁彦を見上げ、恭介は言葉を一つ一つ探しながら、自分の気持ちを話していく。

「俺も、琢巳くんが自分の子じゃなかったら、二人にもう会えなくなるって、それが凄く寂しくて。あんまりのめり込むとあとが辛《つら》くなるんだぞ、って自分に言い聞かせて……」

楽しい時間を増やせば増やすほど、それが終わったときの喪失感が大きい。だから自分の気持ちをセーブして、別れが辛くならないように予防線を張ろうとした。

だって、一旦手に入ってしまったら、二度と手放したくなくなる。

「暁彦さんが……好きです。凄く、好き。琢巳くんも、暁彦さんも、両方欲しい。離れたくない。だけど……俺は、俺……」

そう思う側から、それを失ってしまったらどうすればいいのかと、強烈な不安に襲われるのだ。

「……怖い」

偏執的なまでに執着心の強い自分は、その時に諦めることができるだろうか。今までの人たちと同じように幻滅され、別れが訪れた時、自分は死んでしまうほどの絶望を味わうのではないだろうか。

始まってもいない関係の終わりを想像し、立ちすくんでいる恭介の両肩に、暁彦が触れていた。大きな掌が恭介の肩を包んでいる。

「俺は、とんだ臆病者だ」

耳元に寄せられた唇が、そう言った。

「何処まで保身に走るのか、俺は。……君には情けない姿を見せてばかりだ」

恭介が見上げると、柔らかな笑みを浮かべた暁彦が、見下ろしてきた。切れ長の目が細められ、目尻がほんの僅か下がっている。

「不安な思いをさせてしまって、悪かった。……恭介くん」

暁彦が恭介の名を呼んだ。口元が綻び、とても優しい顔をして、恭介を見つめている。

「改めて言わせてくれ。君のことが好きだ。君を手放したくない。どうか俺と……ずっと一緒にいてくれ」

深く、温かい声が、恭介の中に響いてくる。

「でも俺、……たぶん、もの凄く執着すると思う……」

「かまわない。俺もそうだ」

「鬱陶《うっとう》しいことを言うかも。焼きもちやきかもしれないし」

今までそんな感情は持ったことがなかったが、そうなりそうな予感がして、恭介が懸念を口にすると、暁彦が「望むところだ」と言って、笑った。

「性格が捻《ひね》くれてるし」

「そんなことはない。君は真《ま》っ直《す》ぐだ。何度も言っただろう。いい加減認めろ」

「そんなこと言ってて、きっとそのうち俺の本性知って、幻滅します……」

「しない。絶対に」

「でも、俺、高卒だし」

「それがなんの問題になる?」

「無職だし、……家族も持っていない……」

「俺と琢巳がいるだろう」

優しい声で、暁彦が恭介の目を覗いてくる。

「俺で……いいんですか？」

「君がいい」

暁彦がきっぱりと言い、それからゆっくりと、解けるように笑った。その笑顔を見て、恭介の顔も綻んでいく。ああ、この人は本当に、いつも恭介が欲しがっている言葉をくれる。

「俺も。……暁彦さんがいい」

肩に置いた手で引き寄せられる。切れ長の黒い瞳《ひとみ》が恭介を捉《とら》え、唇が近づいてくる。端整な顔が傾くのを見つめ、迎え入れようと、恭介は目を閉じた。

「……やっぱり駄目だ」

「え……」

肩にある掌でふい、と押され、寸前まで近づいた暁彦が離れていった。目を開けた先には、生真面目《きまじめ》な顔をした暁彦が、眉間《みけん》に皺《しわ》を寄せたまま、恭介を見ていた。

ここまできて再度拒絶されたことにショックを受け、目を見開いたまま固まっている恭介に、暁彦が小さな声で、「すまない」と謝った。

「いえ……、いいんです。そうですよね。無理ですよね」

住む世界のまったく違う二人だ。自分のものにしたいだなんて望むのが間違っている。

「こういうことはやはり不味い。俺はまだ妻帯者だ」

「え？」

苦悶の表情を浮かべた暁彦が「残念だが。……やはり、止めておこう」と、唸っている。

「君に不倫をさせるわけにはいかない。俺も父親として、琢巳に顔向けできなくなる」

苦渋の表情を作り、暁彦が何度も「残念だが」と言って、ベッドに眠る琢巳を振り返った。

「すべてが片付いて、俺が独り身になったら……。その時まで、待っていてほしい」

真摯《しんし》な瞳が恭介を捉え、とても待ち遠しいが……と言って、苦笑いを浮かべた。


病室はたくさんの花で彩られ、春の庭のようになっている。カーテンを開けた室内は明るく、それ以上に明るい笑い声がしていた。

「恭介くん、もういっかい、がおーのところ読んで」

お気に入りの絵本の、お気に入りのシーンを繰り返しリクエストされ、恭介は琢巳の要望に応え、大きな声で「がおぉ、がおぉおお」と、怪獣の鳴き声を放った。その声を聞いて、琢巳がキャッキャと笑い声を立てる。

怪我を負った琢巳が入院をして、今日で二週間が経つ。術後の経過は良好で、心配していた感染症もなく、今日の朝には念願の点滴も外された。まだ退院の運びにはならないが、このまま順調にいけばその日は近いだろうと、担当医が言った。

恭介は毎日琢巳を見舞い、ほとんど一日中を病室で過ごしている。絵本を読み聞かせ、人形遊びの相手をし、散歩にも連れて行った。

病室には花と一緒にたくさんの人形が飾られている。もちろんタクロウとジロウも一緒だ。それから恭介のクマもいる。入院生活を頑張っている琢巳を応援するために、特別に貸してあげた。

絵本を読み終わり、琢巳がりんごを食べたいというので、備え付けの冷蔵庫からりんごを取り出し、剝《む》いてやる。

冷蔵庫の中にはりんごの他にもメロンやサクランボなどの果物、それからプリンにゼリー、チョコレートと、琢巳の好物が溢れんばかりに詰め込まれていた。仕事終わりにやってくる暁彦の見舞い品だった。

「こんなに持ってきても、入りきらないし食べきれませんよ」と、恭介に叱られるが、店の前を通り目に入るとどうしても我慢ができなくなるらしい。琢巳と恭介だけで食べきれないものは、病院のスタッフにも配られ、そのせいだけでもないが、暁彦は人気者だった。

夕方に暁彦が琢巳の病室に顔を出すと、看護師や療法士、事務スタッフまでもが琢巳の経過の報告や、用がなくても見舞いと称してやってくる。

息子への溺愛ぶりは病院内でも有名で、真面目で誠実な上にあのビジュアルだ。入院患者の間でさえ噂《うわさ》になるほどで、だけど当の本人は琢巳が可愛がられていると思っており、また、「恭介くん目当てなのでは……」と心配顔をするのが可笑しい。

皿に載せたウサギのりんごを琢巳と一緒に食べているところに、噂の暁彦がやってきた。今日のお土産《みやげ》はいちごだった。

フォークに刺したウサギりんごを恭介にあーんしてもらっている琢巳を見て、「……なんだ。いいことやっているな」と真顔で言った。

「お父さんにもしてあげる。はい、あーん」

琢巳がにこやかに言い、ベッド脇に腰掛けた暁彦も笑顔で「あーん」と口を開ける。だけど琢巳はニコニコしたままフォークを持たず、「恭介くん、やって」と、恭介に投げてきた。

「え？　俺？」

驚く恭介に、琢巳が朗らかに「うん！」と頷いた。隣で暁彦も困っている。

「はい、お父さん、あーん」

そしてまた暁彦に口を開けさせ、恭介にウサギりんごを入れてやれと強要してきた。

「あー……いや、自分で食べるから」

焦っている恭介と、手でりんごを摑もうとする暁彦に、琢巳が「自分で食べちゃだめ」と、あくまでも恭介にりんごを食べさせようとする。

二人とも琢巳の命令には逆らえず、息子の前でりんごの食べさせっこをやらされた。無言で暁彦の口にウサギを入れ、暁彦も何も言わずにもぐもぐと咀嚼《そしゃく》する。琢巳はそんな二人を笑顔で見守った。

晩彦と恭介の関係を、琢巳が知るよしもないが、琢巳は二人に仲良しをさせたがる。「三人いっしょ!」がここ最近の琢巳のブームだ。

二人の関係といっても、お互いの気持ちを確かめ合っただけで、晩彦と恭介はまだ清い関係のままだった。キスさえ交わしていない。

晩彦の離婚が成立するまではそうしようと、二人で決めた。「万が一にでも間違いが起こるといけないから」という晩彦の提案で、帰る家もお互い別々だ。

何処までも律儀な晩彦に、歯痒《はがゆ》い思いもなくはないが、そんな晩彦が好きだと思う。惚れた弱みというものだろう。

晩彦と翔子との離婚は、両家を交えて話し合い、着々と進んでいるようだ。翔子はあれから実家へ帰り、厳しい両親の監視下に置かれているらしい。今は財産分与について、第三者を代理に置いて話し合いをしている最中だそうだ。双方の合意が取れて、離婚届を提出すれば、晴れて離婚という運びになる。

琢巳の親権は晩彦が取った。

戸籍上も琢巳は晩彦の子なので、晩彦が親権を取ることにはなんの問題もなく、翔子もあっさりと承諾した。琢巳の本当の父親については、両家の親にも、琢巳本人にも告げないことを、夫婦で取り決めてある。

琢巳の親権を欲しがった晩彦に、翔子は驚いていたそうだ。お人好しか、それとも馬鹿なの？　と言われたと、翔子との面談のあと、暁彦が報告をしてくれた。我が儘で奔放な妻だったが、自分の覚悟が違ったら、琢巳を傷つけることもなかった、家庭の破綻《はたん》は翔子のせいだけではなかったと言って、暁彦は苦笑いを浮かべていた。

暁彦の離婚が成立したら、恭介は暁彦と琢巳のマンションに引っ越すことになっている。父子家庭になる暁彦と琢巳のサポート役という名目だ。

琢巳にはしばらく二人の仲は知らせない。いずれ自然に理解をしてくれる年頃になるまで隠しておきたいと暁彦に言われ、恭介も同意した。

琢巳の二人目の父親役として、琢巳のことを第一に、二人で琢巳の成長を見守るのだ。

りんごを食べ終わったばかりで、今度はお土産のいちごが食べたいと琢巳が言い出したので、恭介は立ち上がり、病室内にある簡易キッチンにいちごを洗いに行った。

ベッドでは琢巳が暁彦に絵本を読んでとねだり、暁彦が朗読を始める。いちごを洗いながら、恭介も暁彦の読み聞かせに聞き入った。穏やかな、とてもいい声だ。

「がおーのところ、もういっかい読んで」

「ああ。分かった。『がおー』」

「もっと！　がお――――！　って！」

「そうか。……『がぁあおぉおおお』。これでいいか？」

息子にどこまでも甘い父親は、ねだられるまま、怪獣の声を何度も繰り返した。

いちごは粒がとても大きくて、量も食べきれないほど入っていたので、ナースステーションに持って行こうかと考えていたら、暁彦が側までやってきた。

「今日もまた随分な量ですね。後でナースステーションに持って行ってもいいですか？」

「ああ。そのつもりで買ってきた」

暁彦の身体がすっと恭介に寄り添うように近づいた。

「……成立した」

耳元で暁彦が囁《ささや》き、離婚が成立したことを報告する。

「ここに来る前に届けを出してきた」

実家に戻った翔子から、署名捺印した離婚届を郵送したという連絡があり、今日それが届き、そのまま役所に提出してきたのだという。

「そうですか」

おめでとう……というのもなんだかおかしな気がして、そう言ったまま黙っている恭介の耳に、再び暁彦の唇が寄せられてくる。

「今日は一緒に俺の部屋に帰ろう」

病室の奥では、「いちごまだー？」という琢巳の元気な声が聞こえていた。

二週間ぶりに暁彦の部屋を訪れた。

広く豪華な部屋の造りは前と変わらず、思っていたよりも荒れていなかった。

「綺麗にしてますね。もっと凄いことになっているかと思った」

スーツの上着とネクタイを外し、ワイシャツにスラックス姿で戻ってきた暁彦に言うと、

「まあな」と言いながら、それでもテーブルに積み上がった新聞や冊子などを移動させている。

「生活する場が限られているから、他はそんなに使わない。それに、これからは俺も家事をやるようになるからな。少しずつ頑張っている」

母親がいなくなり、琢巳が退院してくれれば、父子家庭での生活が始まる。今後はハウスキーパーや、プロのシッターに頼ることもあるだろうが、できることは自分の手でしようと、暁彦は考えているようだ。もちろん恭介も協力する。

「食事もなるべく作るようにしているんだぞ。レシピを検索しながら、いろいろ試している」

「暁彦さんなら、やり始めたらすぐに上達しそうですよね。器用だし、凝り性だから」

この家のキッチンで暁彦が料理をしている姿を想像した。バリスタがするようなエプロンを着けたら、凄く似合いそうだ。初めは恭介を手伝い、そのうち暁彦のほうがプロフェッショナルになるかもしれない。なにしろ舌が肥えていて、誰よりも研究熱心な人だから。

近い将来に起こりそうな光景を想像し、それが実現できることがなんだか不思議だ。想像した風景の中に、自分がいられると確信できるのが嬉しかった。あり得ない、期待するなと、

もう自分に言い聞かせなくてもいいのだ。

「恭介くん……」

これから始まる新しい生活のことに思いを巡らせ、頰《ほお》を綻ばせている恭介を暁彦が呼んだ。暁彦の声で現実に引き戻された恭介が顔を上げると、暁彦が真剣な表情をして恭介を見つめていた。

「……はい」

離婚は成立した。暁彦はもう妻帯者ではない。それまでは何もしないでいようと相談していた決めごとが、今日解禁された。

ドキドキしながら暁彦の次の行動を待っていると、暁彦も緊張しているのか、小さく咳《せき》払いをし、「早速だが」と言って、ダイニングテーブルの椅子《いす》を引いた。

「これからのことについて、話し合っておこうと思うんだ」

「あ、はい……」

暁彦に促され、恭介も向かいの席に座る。

「琢巳も順調に回復しているし、退院も目処が立ちそうだ。担当の先生の話だと、あと一週間様子を見て、数値に変化がなければゴーサインを出せると言っていた」

「そうなんですね。よかったです」

「骨折のほうは完治までにはまだまだ掛かるからな。生活に不便も出てくるだろう。それで、いろいろと取り決めておいたほうがいいと思うんだ」

琢巳の退院後のこと、世話の分担や、ハウスキーパーをどの段階で入れるか。恭介の仕事についてなど、暁彦が次々に問題点を提示し、恭介に意見を求めてくる。

「君の転職に関しても、琢巳のことで中断させてしまってすまない」

「いえ、それは、却って失業中でよかったなって思っています。仕事をしていたら、やっぱり琢巳くんにあそこまで付き添ってあげられないから」

「ああ。本当に助かっている。仕事のことは、君の希望に沿うものが見つかるまで、ゆっくり探せばいいと思う。俺も協力するし」

「はい。ありがとうございます」

暁彦が恭介の返事に満足したように頷き、「それから琢巳の幼稚園のことなんだが」と、新たな議題を出してくる。

これからの生活のことはとても大事だ。話し合って二人、もしくは琢巳も加えた三人で決めていかなくてはならない。

「あの……」

だけど、ちょっとだけ別の議題というか、一番初めに期待していたことがあったのだが。

「なんだ？　恭介くんのほうからも、言いたいことはどんどん言ってほしい」

離婚が成立するまで、ずっと据え置いていたこと。何よりも先に欲しいものがあった。

「あの、一つ、お願いがあるんですが」

「なんだろう」

顔を上げた暁彦が恭介を見つめた。なんでも言ってくれという鷹揚《おうよう》な笑みを浮かべている。

恭介は立ち上がり、座っている暁彦の側まで行った。

「あの……」

こちらを見上げてくる顔は落ち着いていて、恭介が期待していることなど思いついてもいないのかと思うと、とても恥ずかしい。

だけどやっぱり、暁彦が欲しい。

「……ぎゅ、……って、してもらっても、いいですか」

消え入りそうになる声を頑張って出し、訴える。

暁彦が唖然《あぜん》とした顔で恭介を見つめてきて、耳まで熱くなった。ああ、失敗したと思い、一歩後退《あとずさ》ると、暁彦が慌てて立ち上がった。驚いた顔のまま、高いところから見下ろされ、恭介は俯いて「すみません、すみません」と謝った。

「厚かましいお願いをしてしまい……」

逃げようとする恭介の腕を、暁彦が摑んできた。

「いい。俺も、その、それは……望むところで、ええと……ぎゅ、う……？」

狼狽《うろた》えている恭介の前で暁彦もあたふたしながら恭介の顔を覗いてきた。

「……あの、琢巳くんにいつもしてるみたいなの」

「ああ、あれか」

上から息が降ってきて、暁彦が笑ったのが分かった。

引き寄せられ、広い胸の中に入れられる。恭介の背中に回ってきた両方の腕で、ぎゅう、と力強く抱きしめてきた。

暁彦の心臓がドゴドゴ鳴っている。身体が熱いと感じた。恭介のほうからも腕を回し、分厚い身体を抱きしめてみた。

琢巳がこうされているのをいつも見ていた。暁彦の大きな身体に飛びついて、「ギュッギュのギュー」と言いながら、抱っこされる琢巳が、いつも羨ましかった。その時の暁彦は本当に優しい顔をしていて、その顔をずっと眺めていた。

広くて温かい胸の中。普段は琢巳の居場所だが、今日は恭介のものだ。

頬を押しつけて、ピッタリと抱きつく。暁彦が普段使っているトワレの香りがした。森林の香りに暁彦の体温が混ざり、甘いと感じる。

心ゆくまで暁彦の腕の中を堪能している恭介の頭を、暁彦が撫でてきた。うっとりと目を閉じて、暁彦の手の感触を楽しむ。

暁彦の掌が恭介の頭を包み、そっと引いてくる。胸にくっつけていた頬が離れ、自然と上向かされた。暁彦の目が恭介を覗いている。それがゆっくりと近づき、唇が合わさった。

柔らかくて熱い、暁彦の唇が恭介の上に重なっている。舌先でノックされ、素直に口を開くと、スルリと舌が入ってきて、軽く吸ってきた。

「……ん」

鼻から声が抜ける。暁彦の目が細められ、それから顔を倒してきた。深く侵入してきた舌に恭介のそれを巻き取られ、強く吸われる。

「ん、ぅ……ん、ん」

大きく開かされた口内へ暁彦が入ってくる。クチ……と水音が立ち、暁彦が溜息を吐いた。優しく吸われ、甘噛《あまが》みされ、口内を撫でられ、恭介は恍惚《こうこつ》となって、暁彦の動きに従う。凄く気持ちがいい。キスの上手い人なんだなと、ぼんやり思いながら、恭介のほうからも暁彦の中へ入っていく。受け入れた暁彦が恭介の舌を吸い、お互いに絡《から》め合いながら大きく合わさっていった。

暁彦が喉を鳴らす。甘い溜息と唸るような声を出しながら、恭介の唇を味わっていた。普段は真面目で冷静な暁彦のキスは、とても情熱的だ。

「ぁ……、ふ」

恭介の唇からも息が漏れ、暁彦がそれを吸い取るようにしながら、大きく被《かぶ》さってくる。息が苦しくなり、逃げるように動かすと、暁彦も顔の角度を変え、再び重なってきた。

「ん、……ん、あ、……ぅ、ふ……」

長く濃厚なキスが続き、やがて暁彦の唇が離れていく。

「あ……」

名残惜《なごり》しさに追い掛けるように目を開けると、暁彦が恭介を見つめていた。目尻に皺が寄った目が、とても嬉しそうだ。

「恭介くん」

低く、甘い声で名前を呼ばれ、心臓がドクン、跳ねる。

「俺は独身になった」

「はい」

一旦離れた身体を、もう一度引き寄せられ、暁彦の唇が恭介の耳を噛んできた。

「今日から俺の……恋人になってくれるか?」

熱い息が吹き込まれ、密《ひそ》やかな誘いが、耳に忍び込んできた。


暁彦の寝室にあるベッドは、キングサイズだった。

「大きい……」

琢巳の面倒を見るためにこの家に通っていた時、恭介は寝室には一度も足を踏み入れていない。夫婦の密事を覗くようで気が引けたし、たぶん、見たくなかったんだろうと思う。

ここで翔子と二人で寝ていたのかと思うと、少し複雑な気分だ。

「ベッドは新しく買った」

じっとベッドを見つめている恭介に、暁彦が言った。

「以前はこっちとこっちに、別々に置いておいたんだが、処分したんだ。尤《もっと》も、俺はあまりここで寝ることもなかったんだが」

「そうなんですか?」

「ああ。新婚の頃はあれが妊娠中で、一人がいいって言うから、俺は和室に布団を敷いて別別に寝ていた。生まれてからは向こうの母親が長いこと滞在したからこっちに移ったが、帰ったらまた別になった」

その頃から仕事も忙しくなり、夜半にうるさくするのが忍びないという理由で、やはりほとんど和室で寝ていたという。

「まあ、寝に帰るだけのような生活だったからな」

客が来るときだけに使う部屋があるなんてと驚いたものだが、ちゃんと利用されていたらしい。

「翔子が出て行けば、ベッドは二つもいらなくなるから、この際二台とも処分して、新しくした」

ベッドに腰を下ろした暁彦が言い、恭介に腕を伸ばしてきた。おいでという合図に素直に近づくと、手を取られ、引き寄せられた。大きなベッドの上で並んで座る。

「この広さなら、三人で悠々川の字になれるだろう」

悪戯《いたずら》っぽい笑みを浮かべ、暁彦が言った。

「基本はそれぞれの部屋で寝ることになるが、たまにはそういう日があってもいいと思ってな、大きいのを選んだ」

琢巳が退院してきたら、恭介は以前と同じ和室で眠ることになっていた。恋人同士になっても、琢巳がいるのに二人で寝室に籠《こ》もるわけにはいかない。あくまで琢巳が第一の考えは、当然のことだと思う。

「琢巳くん、大はしゃぎするでしょうね」

三人一緒！　といつも言っている琢巳だ。

「毎日三人で寝ることになりそうだ」

恭介の予想に、暁彦が「確かに」と言って笑った。

「だがまあ、琢巳が退院してくるまでは、二人きりの寝室だ」

暁彦が恭介の肩を抱いた。引き寄せながら暁彦が顔を近づけ、恭介も受け入れようと、目を閉じる。ちゅ、と軽く触れられた。

「それで、……その、具体的な話になるんだが」

至近距離から暁彦の遠慮げな声が聞こえ、恭介は閉じていた目を開けた。暁彦が迷ったように瞳を揺らしている。

「事に及ぶにあたり、……役割分担を決めておかないと、と思っていて」

言いにくそうに言葉を発する暁彦の顔を、恭介はじっと見つめた。

「男性同士の場合、どちらかが犠牲になる……、いや、この言い方はおかしいな。その、受け入れる……側、の負担が大きくて、その辺の話し合いが必要かと思い……」

真面目な暁彦が、この期《ご》に及んで再び話し合いを持ち込んでくる。大切なことだからと、真剣な顔をして、恭介の意見を聞こうとするのだ。

「そういうの、なんか、……今言わなくてもいいような」

「いや、逆に今話し合っておくべきだろう」

恭介は男性と付き合ったことはないし、もちろんセックスも未経験だ。ずっと自分の性癖に目を逸《そ》らし続けていた暁彦も同じだ。

「いろいろと準備が必要だし、お互いの協力も不可欠だ。そのためには、やはり話し合っておかないと」

経験のない者同士で、暁彦はどう上手く事を運ぼうかと、いろいろと考えていたようだ。彼のことだから、きっと熱心に調べたりもしたのだろう。

そして甘い雰囲気になっているまさに今、議論を吹っ掛けてくるのだ。優しく気遣いがあるのに、時々まったく空気を読まない。

そんな暁彦が可笑しく、愛《いと》おしいと思う。

言いにくいことを、それでも苦労して恭介に伝えようとするのは、それを二人で乗り越えたいのだと、暁彦が願っているからだ。

「恭介くんも俺も男だし、その、……抱きたいと思うのは、お互い当たり前の欲望だ」

恭介を抱きたいと、だけど恭介もそうだろう？　と、意見を聞き、二人で乗り越えようと、……どうやって愛し合おうかと、恭介に相談しているのだ。

「俺は、どっちでもかまいません。暁彦さんが俺を抱きたいって思うなら、抱いてください」

恭介の言葉に、暁彦が僅かに目を見開く。恭介の本心を探ろうと、じっと目の奥を覗き込んできた。

「本当に。俺はどちらでもいいです。抱き合って、暁彦さんが……俺のものになってくれるなら」

腕を伸ばし、暁彦の首を抱いた。

恭介に抱かれた暁彦は動かず、恭介を見つめ続けている。

「どっちでもいい。……早く、暁彦さんが欲しい」

どうしても欲しかったものが目の前にある。これ以上のお預けは耐えられそうにない。

「暁彦さん……」

手に入れたい。自分だけのものになってほしい。そして暁彦にも欲してほしいのだ。

恭介の腰に暁彦の腕が回り、強い力で引き寄せられた。大きな身体が倒れてくる。力に従い、恭介はマットに身体を沈めた。

上にいる暁彦が恭介を見下ろしてきた。真剣な眼差《まなざ》しが恭介を捉え、恭介も見つめ返しながら、首に回した腕に力を込めた。

暁彦の身体が下りてくる。唇が合わさって、すぐさま強く吸われた。

全体重を掛けないようにと気遣ってくれてはいるが、暁彦の身体は大きく、凄い圧迫感だ。男の人ってやっぱり重いんだなと思いながら、この身体に組み敷かれ、貫かれ、揺さぶられる光景を思い浮かべ、恐怖と共に、得体の知れない興奮が湧き上がった。

「……は、ぁ」

声が出そうになるのを誤魔化《ごまか》し、大きく息を吐く。暁彦の背中を抱き、自分から唇に貪《むさぼ》りつき、舌を絡《から》ませる。

恭介に応えるように、暁彦の動きも激しくなっていく。忙《せわ》しなく顔を傾け、深く合わさった。舌で掻き回され、息と一緒に声も漏れる。

「ぁ、……ぅ、ふ、……ん、ん……」

シャツの下に暁彦の手が潜り込んできた。撫で回され、暁彦の掌に肌を押しつけるように恭介の背中が浮いていく。

暁彦の唇が滑り、首筋を吸われた。ジュ、と音がする。吸われた場所が燃えるように熱い。

晩彦にシャツを引っ張られながら、恭介も暁彦のワイシャツのボタンに指を掛け、開いていった。ワイシャツの下に、暁彦は何も着けていなかった。硬くしなやかな肌に掌を当て、滑るように撫でていく。お互いの肌の感触を味わい、見つめ合う。暁彦が目を細め、笑みを浮かべた。

身体を起こした暁彦がワイシャツを脱ぎ捨て、ベッドの下に投げ落とす。恭介も自分のシャツを首から抜いた。暁彦が再び恭介の上に覆い被さってくる。重なってくる肌は、張りがあり、少し汗ばんでいた。

女性のものとはまるで違う肌の感触は、今まで触れたどれよりも気持ちがよく、ずっと触っていたいと思った。暁彦もそんな風に感じてくれたら嬉しい。

無言のまま重なり合う。暁彦の唇が下りてきて、胸の先を撫でてきた。ズクズクとした感覚に、息が漏れる。舌先で突かれ、舐《ねぶ》ってくる。チュクチュクと音を立てて吸われ、とうとう陥落の声を上げる。

「あ……ん、ぅ、ぁ、あ」

恭介の放った声に煽《あお》られるように、暁彦が貪りついてきた。僅かに尖った胸の粒を歯で挟み、左右に揺さぶる。舐り回していた唇が離れると、追うように恭介の背中が浮き、暁彦の唇が再び迎え入れる。

「ん、んっ、……ぅ、ぁ、んん、ぅ」

むずかるような声を出し、もっと強い刺激を暁彦にねだっていた。もう片方を指で捏ねられ、また声が上がる。

こんなところを弄《いじ》られて、感じている自分が不思議だ。暁彦の指と舌だからだろうか。触られる場所の何処も気持ちがよく、自分のものとは思えない甘えた声が上がっていた。

暁彦の唇が更に下りていく。腹の柔らかい部分を愛撫しながら、スラックスのボタンに手を掛け、下ろしていった。

すべてを剝《は》ぎ取られ、逃げる間もなく、暁彦の身体が沈み、恭介の中心を食《は》んできた。

「ああ、……っ」

快感よりも驚きで大きな声が出てしまった。暁彦の両手はガッチリと恭介の腰を摑んでいて、逃すまいとしているようだ。肌への刺激で半分勃《た》ち上がっていたそれを、暁彦が躊躇なく口に含んでいる。

「……っ、や、ああぅ、ふ……ぅ、ん」

舌を絡ませながら、上下に扱《しご》かれた。包んでくる粘膜は柔らかく、熱い。突然咥《くわ》えられた行為に驚いたのは一瞬で、直截な刺激にすぐさま快感に包まれる。

「あ、……ん、っ、あっ、あ」

唇が動くたびに声が出る。気が付くと、大きく膝を割られ、片足が暁彦の肩に乗せられていた。恥ずかしい水音が下から聞こえる。

「ああ、……ああ、あ、ぁ、あ」

　暁彦の愛撫は容赦《ようしゃ》なく恭介を責め続ける。無言のまま恭介の身体を弄《もてあそ》ぶ行為は、可愛がるというよりもっと乱暴で、暁彦自身も興奮しているようだ。その証拠に、恭介を責め苛《さいな》みながら、暁彦も声を出していた。恭介のペニスを口に含み、刺激を与えながら、溜息を吐き、ああ……と、恍惚の声を発している。

　茎の部分を唇で撫で、括《くび》れに舌を這《は》わせる。先端の部分をチロチロと擽《くすぐ》られて、中心から蜜が零れ、濡《ぬ》れているのが分かった。

「あぁ……、ん」

　恭介が高い声を上げると、そこを執拗《しつよう》に責めてくる。深くまで咥えられ、吸い付かれたまま引かれると、追い掛けるように腰が浮いた。何度も同じことを繰り返し、快感がどんどん増していく。

　暁彦にいいように弄ばれ、翻弄されていた。このまま絶頂まで持って行かれそうだ。朦朧《もうろう》となって身体を揺らしていると、不意に暁彦の唇が離れた。

「……や」

　突然なくなった刺激に、名残惜しさと抗議の声が自然と出た。

　そんな恭介に、身体を起こした暁彦は、宥めるように髪を撫でてきた。そのままベッドから下り、部屋の隅にあるチェストの引き出しを開けている。戻ってきた暁彦がもう一度ベッドに乗り上げ、恭介に「すまない」と、何故《なぜ》か謝ってきた。

「準備も何もしないまま、突撃してしまった。段取りが悪いな」

照れたように笑い、手にしていた小箱からコンドームを取り出し、それを枕元に置き、次にはもう一つ持ってきたチューブの蓋《ふた》を開けている。

途中で雰囲気をぶち壊すのはこの人の仕様なのだろうかと、着々と準備をしている暁彦を見上げ、恭介は笑ってしまった。

恭介の笑い声に釣られ、暁彦も笑っている。「本当にすまない」と謝りながら、「夢中になってしまった」なんて言うものだから、全部許してしまう。

真摯で優秀で、頼もしいが時々場の空気を読まずに恭介を笑わせる。そしてとても優しい暁彦のことが、本当に好きだ。

「暁彦さん」

チューブから絞り出した液体を掌に乗せ、温めている暁彦を呼ぶ。暁彦が恭介を見つめた。整った顔つきは相変わらず綺麗で、それが楽しそうに笑んでいる。

「暁彦さんに出逢《であ》えてよかった」

暁彦が琢巳の父親でよかった。翔子のしたことは未《いま》だに許せないことだけど、琢巳を恭介の元に連れてきてくれたことに、自分と暁彦を引き合わせてくれたことに、感謝する思いだ。

恭介の言葉に、暁彦の顔が綻ぶ。

「俺もそうだ。俺も、君に出逢えて本当によかった」

両腕を広げると、暁彦が恭介の上に再びやってきた。太い首に腕を絡め、引き寄せる。

「暁彦さんが好きだ」

キスをねだったら、笑んだままの唇が下りてきて、柔らかく合わさった。

「ああ、俺も好きだ」

ついばむようなキスを繰り返しながら、暁彦の腕が滑っていき、恭介の後ろへ辿《たど》り着いた。

窺《うかが》うような表情の暁彦に、恭介は頷いてみせた。

ゆっくりと濡れた指先が後孔に侵入してくる。

「ん……」

初めて経験する異物感に眉を寄せて我慢している恭介を、暁彦が唇で慰めてきた。頬、瞼《まぶた》、そしてまた唇へとキスを落とし、恭介の苦痛と恐怖を取り去ろうとしてくれる。

「あ……っ」

指が奥まで入り込む。

「力を抜けるか……?」

身体を強張《こわば》らせた恭介に、暁彦が心配そうに聞いてきた。息を吐き、懸命に力を抜こうとする恭介に、暁彦がまたキスをくれた。

「ああ……」

恭介を慰め、指を動かしながら、暁彦が声を出す。

「……暁彦さんのほうが気持ちよさそう」

刺激を与えているのは暁彦のほうなのにと、恭介が言うと、暁彦は笑い、「ああ、気持ちがいい」と言った。

「恭介くんに触れるだけで気持ちがいい」

蕩《とろ》けるような笑顔が本当に気持ちよさそうで、恭介にもその感覚が伝染してくるようだ。

指が増え、暁彦のキスも増す。苦しそうな恭介を見ると、暁彦も同じように眉を寄せ、恭介が笑ったら、暁彦も笑顔になった。声を出せば、呼応するように暁彦も呻いた。

長い時間を掛け、受け入れる準備が施されていく。

やがて、中を占領していた指が抜かれ、暁彦が身体を起こした。枕元に用意されていた小さな包みを破いている。

「……恭介くん」

大きく足を広げられ、暁彦がその間に陣取った。

暁彦を見上げ、ゆっくりと目を閉じた。切っ先が当たる。「……は」と息を吐きながら、暁彦が入ってきた。

「……ん、ぅ、ふ」

柔らかく迎え入れようと恭介も息を吐く。ほんの少し進み、留《とど》まり、また少し進ませ、暁彦が恭介の中を占領していく。

「平気か……？」

労《いたわ》る声に、目を瞑ったままコクコクと首を動かした。異物感はあるが、十分に準備をしてくれたので、思っていたほどの痛みは起きない。恐怖もなかった。

暁彦にすべて任せていればいいと思った。この人に従っていれば安心だ。

ゆっくりと少しずつ、暁彦が進んでくる。

「ああ……」

暁彦が声を放つ。それだけで嬉しい。

グイ、と強く押されてから引かれた。中の襞《ひだ》が捲《めく》れるような感覚に、思わず「あっ」と恭介の口からも声が飛び出す。

「痛いか……？」

僅かに揺らしながら暁彦が聞く。

「痛くない。なんか……、変……っ、あ、あ、動かな……で」

そこを擦《こす》られるとなんか変だ。痛みとは違う衝撃で、勝手に大きな声が出てしまうのだ。

「恭介くん、痛いか？」

探るように動かしながら、暁彦が聞いてきて、首を横に振りながら、動かないでとお願いした。

「違、けど、動かしたら……っ、ああっ、あっ」

動くなと言っているのに暁彦が腰を揺らす。勝手に腰が浮き上がり、暁彦の動きに合わせて前後した。

「あぁ、……あ、あ」

「痛いんじゃないんだな……」

独り言のように暁彦が呟き、突然力強く律動を始めた。

「や、待っ……、あ、ぅ、ぁ、は……ぁ、ああ」

ズリュ……と引きずられ、次にはズン、と押し込まれる。痛いのとは違う刺激は、今まで経験したことのない感覚で、内側から何かが込み上げてくるようだ。身体が跳ね、腰が細かく前後している。

「は……ぁ、ん、ああ、あ」

「……恭介」

腰を送りながら暁彦が恭介を呼んだ。甘い声に背中がゾクゾクし、内側の熱が膨張する。

塗り込めた液体の助けを借り、暁彦がなめらかに中を行き来している。グチグチと水音が立ち、恭介の声と暁彦の溜息がその音に混ざる。

暁彦が恭介のペニスに触れてきた。先端を指先で撫で、柔らかく包み、扱いてくる。

「ああっ、あっ、あ」

中と外側から同時に刺激され、壮絶な快感に襲われ、恭介は身体を仰《の》け反《ぞ》らせながら声を放った。

「……凄く濡れている」

嬉しそうな暁彦の声がする。答える余裕もなく、暁彦の手に自身を押しつけ、欲しがるように腰を揺らした。

気が付けば暁彦の雄心は恭介の奥深くまで埋め込まれていた。恭介のペニスを弄びながら、激しく穿《うが》ってくる。

「ああ、……あぁ、は、は……」

恭介を追い込みながら、暁彦が声を放つ。荒く息を吐き、強く打ち付け、そのたびに声を上げた。

「暁彦……さ、あ、……っ、あき……、ん、あぁ」

暁彦を呼び、助けを求めた。両腕を伸ばし摑まろうとしたら、大きな身体が差し出された。縋り付いて強く抱く。恭介を首にぶら下げたまま、暁彦が身体を激しく揺らした。

「ああ、……ああ、あ、……イ、……ク、……んん、も、ぅ、……ああ」

内側の熱が限界まで膨張し、爆発寸前だ。恭介の声を聞いた暁彦が更に激しく揺さぶってきて、絶頂を促してきた。

「ああっ、あああ、っ、あ――――」

急浮上しながら落下するような感覚に、恭介は何もかも投げ捨て、大声を放った。大波に攫《さら》われ、流されていく。ゆらゆらと揺らめいているのは、自分を抱いている暁彦の身体だ。

ぼやけていた視界が晴れ、目が見えてくると、自分を見下ろしている暁彦がいた。恭介に首を抱かれたまま身体を揺らし、そうしながら恭介を見つめている。額《ひたい》に汗が滲《にじ》んでいた。

目が合うと、暁彦が笑った。唇が下りてきて、大きく合わさる。キスをしたまま、暁彦が動き続ける。

「ん、……く、ぅ、は……ぁ、は、は」

合わさったままの暁彦の唇から声が漏れていた。目の前にある表情は眉が寄せられ、苦悶しているようにも、快感に浸っているようにも見える。

「恭介……、ああ、恭介……」

恭介の名を呼びながら、暁彦が駆け上がろうとしている。逞しい身体が艶《なま》めかしく揺れている。恭介を貫き、快感に浸っている姿を眺めながら、自分はこの男性に抱かれているのだと、幸福な実感が湧いてきた。

「ああっ……っ、っ」

強く腰を押しつけ、暁彦が動きを止めた。息を詰め、そのまましばらく動かない。

汗を浮かばせ、目を閉じている顔が精悍《せいかん》で、とても綺麗だと思った。恭介を貪りながら上げる声も色っぽい。ああ、こんな声を出すんだ。こんな暁彦を知っているのは自分だけだ。

もう手放せない。誰にも渡せない。恭介の恋人。自分だけの所有物が、自分を抱いている。じっと見つめていると、止まっていた暁彦が再び動き始めた。ゆるゆると身体を揺らし、余韻を楽しんでいる。

口元が嬉しそうに緩んでいる。自分もきっと同じ顔をしていると思った。

「なかなか……」

身体を揺らしながら暁彦が声を出した。

「ん……？　なんでしょう」

恭介が聞くと、暁彦は笑顔を作り、「初めてにしては、とても上手くいった」と、満足そうに言うので、思わず吹き出してしまった。

本当に空気を読まない人だ。

「そうでしょうか」

「そうだと思うが。あれ、恭介くんはそうでもなかったか……？」

途端に眉を下げ、「俺だけだったたか……」と反省に陥るので、慌てて「そんなことないです」と言った。

「あの、……とても、よかった、です」

暁彦の言うとおり、初めてにしては、本当に凄く上手くいったセックスだったと思う。自分があんな風になるなんて、まったく驚きだ。

「そうか。よかった」

恭介の感想に、暁彦が心底ホッとしたように溜息を吐き、「そうだな。そうだった」と、いろいろと振り返っているようなのが恥ずかしい。

恭介から離れた暁彦が、負担がなかったかと、恭介の身体を気遣うように撫でてくる。

「動けるか？」

「ちょっと今は、きついみたい……」

最中はよく分からないまま暁彦の動きに夢中でついていったものだが、終わった今は、腰の辺りが重く、まだ何か入っているような感覚が残っていて、動けない。

無理をし過ぎたかと、暁彦が恭介の身体をマッサージしてくれる。

「なんか、途中から訳が分からなくなっちゃって、……恥ずかしいです」

「そんなことはない」

足を揉んでくれていた暁彦の身体が下りてきて、「俺も我を忘れた」と、耳元で囁かれる。

嬉しい言葉に頬を緩めている恭介に、暁彦がキスをくれた。

「初めは痛いのかと思って狼狽したが、そうではなかったみたいだ」

な、と同意を求められ、楽しそうな顔をした暁彦を睨む。

「暁彦さん、変な薬とか使ったんじゃないかと疑いました」

照れ隠しで憎まれ口を利く恭介に、暁彦が「そんなことはしない」と真面目に否定した。

「本当に？」

疑わしげな声を出し、尚も睨んでいると、暁彦がふいに真剣な顔を作り、「薬か……」と考え込むので、こっちが慌ててしまった。

「嘘。冗談ですから。変な考えを起こさないでください」

「いや。変なことは考えていない。が、そうだな。潤滑剤とか、いろいろ試してみるのもいいかもしれない」

「いやいや。それ変なことですって。いいですから。これで十分ですから」

研究熱心な暁彦がよからぬことに興味を持ち始め、恭介は懸命に説得を試みる。

「それよりも暁彦さん」

「ん？　なんだろう」

新しい研究対象に思いを馳《は》せている暁彦を呼び、恭介は起こしてほしいと手を伸ばした。

恭介の腕を取り、起き上がる手伝いをしてくれながら、暁彦が恭介の望みを聞こうと、顔を寄せてきた。

「久し振りに、あれが飲みたい」

ベランダには気持ちのいい風が吹いているだろう。
二人で夜景を眺めながら、ベランダに飾る花とテーブルの相談をしよう。
目の前にいる恋人にそう言って、カフェラテが飲みたいと、恭介は甘い声でねだった。

キス・ブランチ

行ってきますと元気な声で手を振る琢巳《たくみ》を見送って、三宅暁彦《みやけあきひこ》は去っていくバスに手を振った。

残暑の厳しかった九月も終わりに近づき、朝には気持ちのいい風が吹くようになった。

腕の怪我のために自宅療養をしていた琢巳は、夏休みが明けてから、再び幼稚園に通い始めた。

定期的な通院は未だ続いており、リハビリにも通っているが、痛みはほとんどなくなり、腕も自由に動かせるようになった。長い間休んでいた幼稚園に再び通うことができるようになり、友だちにも先生にも会え、毎日を楽しく過ごしているようだ。

恭介《きょうすけ》はガーデニング会社に就職が決まり、来月から通うことになっていた。会社の規模はそう大きくないが、働きやすそうな職場だと言って喜んでいた。

職種的にも恭介にはぴったりだと思うし、彼なら何処へ行っても上手くやっていけるだろう。

バスが見えなくなり、暁彦は家に帰ろうと、一緒に見送りに出ていた保護者たちに会釈《えしゃく》を送り、その場を去ろうとしたら、「今日はお父様がお見送りなんですね」と、一人の母親に声を掛けられた。

声のするほうに顔を向けると、にこやかに会釈を返され、「今日は恭介くんじゃなかったから」と言われた。

「ええ。仕事が休みだったもので、今日は私が」

「そうなんですね。琢巳くんも嬉しかったでしょう」

「ああ……どうでしょうか」

「怪我が治ってよかったですね。恭介くんも随分心配してらしたから。帰りの園バスで、先生にいろいろ園での様子を聞いていましたよ」

「そうなんですか」

親しげに話し掛けてこられ、汗を滲ませながら受け答えをする。琢巳の幼稚園での様子を他の保護者から教えてもらえるのはありがたいが、会話の端々に恭介の名前を挟んでくるのが困る。

しかも恭介の名前を呼ぶ時に、心なしか顔の輝きが増しているような気がする。そもそも成人も過ぎている男性を、「くん」づけで呼ぶのは如何《いかが》なものか。まあ、琢巳が恭介のことをいつもそう呼んでいるから仕方がないのかもしれないが。

「恭介くんも、こっちで就職が決まったっておっしゃってましたもんね。お父様お一人じゃ大変ですものねぇ。心強い助っ人がいらしてよかった」

「ええ。そうですね」

琢巳の母親と離婚したことは、すでに幼稚園にも説明済みで、母親たちの間でも周知のこととなっている。いつまでも隠しておけることではないし、その辺は恭介が上手く説明をしたらしく、また、良識のあるご母堂たちは、あまり突っ込んでこないのがありがたかった。

いろいろと噂はされているだろうが、琢巳は気にすることなく幼稚園に楽しく通っているようだし、お母さん方も「なんでも言ってくれ」と、協力的だ。これも恭介のひととなりが影響しているのだと思う。

「でも、恭介くんが仕事を始めることになると、送り迎えはどうなさるの？」

「ええ、それは、朝は一応交替で、シフトをずらしてもらったり、あとは、シッターをお願いしたり、いろいろと人の手を借りてやっていこうと」

「そうなんですね。頑張ってください。あらぁ、でも恭介くんと毎日会えなくなるのは寂しいですけど。うちの子、恭介くんのファンなんですよ」

「ははは……」

辞去するタイミングを逸してしまい、汗だくになりながら母親たちの雑談に付き合い、解放されたのは、バスを見送ってから二十分後だった。

逃げるように早足でバス停から離れ、卵を買ってきてくれと頼まれていたので、途中のコンビニで調達してきた。「卵だけでいいですからね」と、強く言い含められているから、それしか買わない。暁彦に任せると、要《い》らないものまで買い込んでくるからと、恭介が釘《くぎ》を刺してくるのだ。

卵だけを入れたコンビニ袋をぶら下げて部屋に戻ると、恭介がキッチンでサラダを盛り付けているところだった。「おかえり」と笑顔で言われ、暁彦も「ただいま」と返し、恭介の隣に並ぶ。

「ママさんたちのおしゃべりに付き合わされた。まいった」

「暁彦さん、レア物だから」

暁彦から受け取った卵を早速ボールに割り落としながら、恭介が笑って言った。

「なんだそれは。レア物って」

コンロに火を点け、オムレツを作り始める恭介の隣で、暁彦は珈琲をドリップする準備をする。

普段は琢巳よりも先に出勤する暁彦だったが、プロジェクトが一段落したこともあり、有休を取った。平日は大人二人で準備をしてもバタバタと忙しない。だから、琢巳を見送ったあと、たまにはゆっくり朝食をとろうと、二人で計画をしていたのだ。

「暁彦さん、ママさんたちの間で人気なんですよ。格好良いから」

「まさか」

「本当ですよ。……俺もそう思います」

さらりと冗談を言われ、絶句していると、恭介がチラリとこちらを見上げ、「今、冗談だと思ったでしょう」と言う。

「え、……いや、ああ、いや、……冗談だろ？」

上手い返しができずにしどろもどろになっている暁彦の隣で、恭介が楽しそうに笑った。

「君のほうこそ、ファンクラブがあるそうじゃないか」

「ありませんよ。そんなもの」

「お母さんたちが、恭介くんに会えなくなるのが寂しいって言ってたぞ」

「社交辞令ですって」

「そんなことはない。あれは本気の目だった」

気を付けなさいという暁彦の助言に、恭介が苦笑している。

いつもは忙しない朝も、今日は二人で並んでそんな言い合いを繰り返すのも楽しい。

トーストにオムレツにサラダ、それから珈琲の入ったカップと、それらを二人でベランダに運んだ。

ベランダには恭介の選んだラタンのテーブルセットが設置されている。プランターにある花はまだ数が乏しく、これから琢巳を連れていろいろな店を回り、どんどん増やしていく予定だ。

恭介は背の高い木も植えると言って張り切っていた。クロッカスや水仙などの球根も植えたら、春には賑《にぎ》やかになると言っていた。花の種類には詳しくないが、賑やかになるのは暁彦もいいと思う。

そのうち植物図鑑などを購入し、自分も少しは研究してみたいと思っている。

琢巳はいちごを植えたいと言った。

三人で相談して、少しずつ花や木を増やし、みんなで育てていったらいい。

「そろそろ日中も涼しくなってきますね」

朝の爽《さわ》やかな風を浴びながら、恭介が遠くの景色に視線を飛ばした。しなやかな身体は男性のものだが、綺麗な稜線を持つ横顔は、彫刻のように整っている。

翔子《しょうこ》に預けられた琢巳を連れ、初めてここを訪れた時、その飛び抜けた容姿に一瞬息を呑んだものだ。

困り果てた顔も、静かに怒りを含んだような顔も、こちらに向けてくる笑顔も、どの表情にも目を奪われ、視線が合えば心臓が跳ね、自分は病気なんじゃないだろうかとしばらく悩んだほどだった。

「珈琲、いい匂い」

そして今、その綺麗な男は自分の恋人となり、暁彦の淹れた珈琲の香りに目を細め、柔らかく笑っている。

「食べよう」

ソファ型のチェアに腰掛けると、恭介が隣にやってきた。普段は琢巳のいる位置に恭介が座る。

「……やっぱりちょっと狭いですね」

ピッタリと身体をくっつけるようにして座りながら、恭介が恥ずかしそうに言う。しかしこれぐらいの狭さがいいと思う。

「たまにだから、いいだろう」

暁彦の声に、恭介がふっくらと笑った。綺麗だ……と思い、意思表示をしようと顔を近づける行為が、ギクシャクとしてしまう。そんな甘い行動を起こしたことは今まで一度もなく、恭介が驚かないか、お前そんなキャラじゃないだろうと呆れられはしないかと、一旦近づけた顔を逸らしたり、わざとらしく咳で誤魔化したりしているうちに、恭介のほうから唇を寄せてきた。

ちゅ、と軽い音を立てて触れた唇が呆気《あっけ》なく離れ、慌てて追い掛ける。まったくスマートにならない求愛にも、恭介は僅かに微笑《ほほえ》んで、再び迎えに来てくれた。

「……ん」

今度は長くキスを交わせた。離れては啄《ついば》み、もう一度重ねる。

唇を合わせながら薄く目を開けると、すぐ目の前に恭介の端整な顔があった。暁彦の視線に気付いたのか、恭介も瞼を上げた。黒々とした瞳がすっと細まり、重なっている唇も笑う。

「凄く……久し振りですね」

「ああ……」

返事をしながら、恭介の笑顔に誘われ、再び顔を近づける。

琢巳の怪我がきっかけとなった二人の蜜月は、琢巳の退院と共に中断していた。子どものいる空間ではそんな雰囲気を微塵《みじん》も出すわけにもいかず、それは二人で決めたことだった。

琢巳を第一にと考えながら、こうしてたまの休みのひとときを、ひっそりと二人で楽しむのだ。

「珈琲冷めちゃいますね」

何度目かのキスを交わしながら、恭介が可笑しそうに言った。この際珈琲なんかどうでもいいのだが、恭介が作ってくれたオムレツは食べたいと思うから、「食べてしまおうか」と、くっついていた身体を離し、ようやく朝食をとる体勢に入る。

名残惜しいが、琢巳のお迎えの時間までにはまだ半日ある。

ゆったりと二人の休日を楽しめばいいと、暁彦は軟らかいオムレツにフォークを入れ、トロリとした卵を口に含んだ。

あとがき

こんにちは。もしくははじめまして。野原滋です。このたびは拙作「ダブルダディ」をお手に取っていただき、ありがとうございます。

初めての子育てもの、そして攻めが既婚者というのも初めてでした。小さい子を書くのが難しかったです。リアリティを混ぜつつ健気で可愛い子が書きたかったのですが、上手く表現できていたでしょうか。

攻めの真面目さ、堅物な人物像は、キャラ立ての最初から決めていたのですが、真面目故の滑稽さだとか可愛らしさ、それから衝突しても嫌な人間にならないようにと描写するのが、こちらも難しかったです。

そんな堅物な暁彦が、恭介と出会ったことによって気付きがあり、今までの自分を振り返って、どんどん柔らかく変化していく様子を、受け視点でじっくりと綴ったつもりです。そして恭介のほうも、暁彦よりも実は頑なで、その鎧を少しずつ脱いでいけるようにと、こちらもじっくりと綴ってみました。

恭介のキャラは、実はこれが一番難航しました。いろいろな設定を盛り込み過ぎてカオスなキャラになってしまい、また、こうこうこうなんだよと、作者目線で堂々と説明するような描写になっていたのを、担当さんに諭され、本人の考え、感情、また、関わる相手の視点、会話で表現できるようにと書き直しました。自分では努力して書いたつもりなのですが、読み手にはどのように映るのかが不安です。引っ掛かることのないよう読み進めていただけたらいいのですが。

ここ最近は、受け攻めどちらかのキャラ、もしくは両方とも人間ではないというお話を書き続けていたので、登場人物全員が普通の人というのが新鮮でした（笑）。あれ？　どうやって書くんだっけ、なんてちょっと悩んだりして。毎回書き方を忘れてしまうのをどうにかしたいです。でも、忘れているから毎回新鮮な気持ちで書けるという利点もあるのです。言い訳ですが。

今回イラストを担当くださった街子マドカ先生。可愛らしく素敵なイラストをありがとうございました。暁彦が素敵で、こんなお父さんだったらママさんたちも騒ぐよなあ、と思いました。そして恭介も爽やかな美形に描いていただき、とても嬉しいです。完成品を拝見できるのが今から楽しみです。

それから、いつもながら担当さまにはお世話になりました。プロットの段階で、自分にも迷いがあり、不鮮明になっている箇所を的確にご指摘いただき、話が自然に流れるようにと誘導していただきました。グジャグジャと混乱しているなか、担当さんとお話しているうちに、パァーッと道が開けた瞬間があり、そこから迷いが消えました。その後に提出したプロットを見ていただき、すぐさまご連絡くださり、「よくなっている」と言われたときは、本当に嬉しかったです。

今回のこのお話で、商業誌としては二十五冊目になります。毎回書き始める前は、最後まで書き切れるかどうか不安で、また、本当に毎回方向が分からなくなり、ヨロヨロと迷いながら書いています。

それでもこうして書き続けていられるのは、担当さん他、関わってくださる皆さま、それから次のお話を！　と、待っていてくださる読者さまのお蔭です。

これからも迷いの多い執筆が続いていくとは思いますが、せめて書き上がった瞬間には、全力を尽くしたと大声で言えるような作品を出していきたいと思っています。

今回の「ダブルダディ」も、今の自分の精一杯を込めて作りました。暁彦と恭介、そして琢巳との三人三様の成長していく様を、どうか温かい目で見守ってやってください。

三人が三人とも、いろいろと未熟で、それぞれに欠点があり、それでも私にとっては愛すべき人たちです。「三人でなくちゃ駄目なんだ」というところに到達するまでの紆余曲折を皆さまに見ていただき、涙と笑いを交え、最後にはほっこりしていただけたなら幸いです。

野原滋

✦初出　ダブルダディ……………書き下ろし
　　　　キス・ブランチ…………書き下ろし

野原滋先生、街子マドカ先生へのお便り、本作品に関するご意見、ご感想などは
〒151-0051 東京都渋谷区千駄ヶ谷 4-9-7
幻冬舎コミックス　ルチル文庫「ダブルダディ」係まで。

幻冬舎ルチル文庫

ダブルダディ

2018年5月20日　第1刷発行

✦著者	野原 滋　のはら しげる
✦発行人	石原正康
✦発行元	株式会社 幻冬舎コミックス 〒151-0051 東京都渋谷区千駄ヶ谷 4-9-7 電話 03(5411)6431［編集］
✦発売元	株式会社 幻冬舎 〒151-0051 東京都渋谷区千駄ヶ谷 4-9-7 電話 03(5411)6222［営業］ 振替 00120-8-767643
✦印刷・製本所	中央精版印刷株式会社

✦検印廃止

ISBN978-4-344-84234-2　C0193　Printed in Japan